意林

公元 787 年，唐封疆大吏马总集诸子精华，编著成《意林》一书 6 卷，流传至今

意林：始于公元 787 年，距今 1200 余年

告白的书

路渺且迢，有你就好

意林

告白的书

对方正在输入中Ⅱ…

The Other Side is Inputing

意林编辑部 编

吉林摄影出版社

· 长春 ·

图书在版编目（CIP）数据

对方正在输入中. Ⅱ / 意林编辑部编. -- 长春：吉林摄影出版社，2018.10
（告白的书）
ISBN 978-7-5498-3856-1

Ⅰ. ①对… Ⅱ. ①意… Ⅲ. ①故事－作品集－中国－当代 Ⅳ. ①I247.81

中国版本图书馆CIP数据核字(2018)第241725号

对方正在输入中Ⅱ DUIFANG ZHENGZAI SHURU ZHONG Ⅱ

项目出品 意林告白的书
出 版 人 孙洪军
主　　编 顾　平　杜普洲
责任编辑 施　岚　胡晓路
总 策 划 蔡　燕
丛书统筹 康　宁
策划编辑 康　宁　翟　爽
设计总监 资　源
执行编辑 翟　爽
封面设计 资　源
美术编辑 金　宇　李雪菲
开　　本 880mm×1230mm 1/32
字　　数 200千字
印　　张 8
版　　次 2018年10月第1版
印　　次 2018年10月第1次印刷

出　　版 吉林摄影出版社
发　　行 吉林摄影出版社
地　　址 长春市泰来街1825号
　　　　 邮　编：130062
电　　话 总编办　0431-86012616
　　　　 发行科　0431-86012602
网　　址 www.jlsycbs.net
经　　销 全国各地新华书店
印　　刷 北京嘉业印刷厂

书　　号：ISBN 978-7-5498-3856-1　　　定　　价：32.80元

目　　录

CONTENTS

对方正在输入中Ⅱ

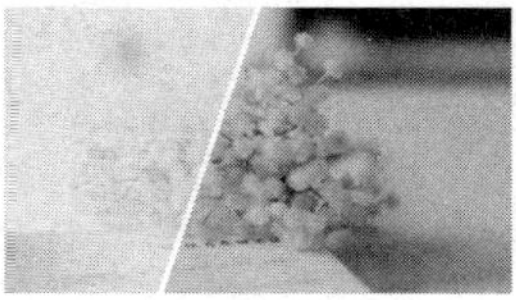

第一章 暗恋朋友圈，仅自己可见

第二章 真爱告白，盼你秒回

第三章 格式化自己，只为删除你

第四章 我的爱情，不可复制

第一章 暗恋朋友圈，仅自己可见

十六岁的夏天，有你很好

文／陈若鱼

她整张脸埋在玫瑰花里，第一次发觉原来玫瑰这么好闻。就像那年16岁的陈嘉尔，从她身边走过时，她嗅到的香。

丁立夏被陈嘉尔放鸽子，已经不是第一次了。

清风冷月的街头，她握着两张电影票走得很慢很慢，到电影院时电影已经开场很久了，她在靠边的座位坐下，望着不知所云的电影，嘴角勾起一丝自嘲的笑。只一句“我没空去了”，就放她鸽子，连一句解释都没有，还真是他陈嘉尔的作风。尽管如此，每一次他约她，她还是忍不住赴约。朋友不理解她，为什么还要这样自轻自贱？她笑而不语，不过是因为喜欢，卑微却不能自拔。

认识陈嘉尔那年，他们刚进高中，他还是个青涩少年。瘦削的肩，清亮的眼睛，留着老掉牙的中分发型，却牵动了她的心。

那时她也年少，是学校里最不起眼的女生，一颗芳心暗许，头破血流也要挤到他身旁。她开始猛补从小学就不及格的数学，因为她知道陈嘉尔的数学年级第一；她开始猛攻英语，因为陈嘉尔的英语烂到令人发指；她开始减肥，其实她并不胖，只是因为听说陈嘉尔喜欢瘦削的女生。

半年的默默努力换来的是，她跟陈嘉尔终于成为数学的竞争对手，班主任让她辅导陈嘉尔英语，她1.63米的身高，瘦到40公斤，而陈嘉尔终于对她另眼相看。她至今都记得陈嘉尔对她说的第一句话："你就是丁立夏吧？"她的心飞上云端，怯怯地回答："嗯，是我。"他那一日才认识她。殊不知，他却早早地住进了她心里。

他走过来揽着她的肩，痞痞地说："以后我就指望你了。"丁立夏所有的注意力都在她的肩上，隔着夏衫感觉到他手指的温度。

那年夏天，因为她的辅导，陈嘉尔的英语成绩第一次及格，他请她吃了半个月的冰棍儿。她的生日没告诉他，他却送了她一本想要了很久的英语词典。

"你怎么知道是我生日啊？"

"叫立夏的人99.9%都是立夏那天出生的。"他扬扬得意地说。

丁立夏扑哧笑出声来，默默收下礼物，自始至终也没告诉他，她偏偏是那0.1%。就那样，任由陈嘉尔给她过了三年的假生日。

高二初冬，整座城市都被大雾笼罩。丁立夏坐公交车去学校，没想到途中出了车祸，公交车撞了行人，她和一车乘客不得不下车。因为早高峰大雾加上车祸导致拥堵，她一辆车也打不到，只得徒步去学校。到了学校，陈嘉尔竟然没在，问同桌才知道他早自习好好的突然跑了出去。到第二节课，陈嘉尔才满头大汗地跑回教室，目光落在她身上，大大地松了口气，肩膀也耷拉下来，走到她身边仔细打量了一番，问道："你没事吧？"

丁立夏的心一顿，想必他是知道车祸的事了，连连摇头。

"你怎么知道？"她问他。他看了她一眼，什么也没说。不过想想，城市那么小，公交车出车祸，想必很快就传遍了。第三节课他因为早自习逃课，被老师点名，丁立夏问他做什么去了，他胡乱地敷衍说是给隔壁班班花买早餐去了。丁立夏的心顿时凉如寒夜。

高考前的模拟考试，陈嘉尔的英语已经进了全班前十。丁立夏假装不经意地问他想考什么大学，他咬着笔头，说："上海外国语大学，你呢？""不告诉你。"丁立夏一笑。可惜，最终陈嘉尔还是放她鸽子，填完志愿之后她才知道他考去了北京外国语大学，而她填了上海外国语大学。她想质问他为什么临时改变了志愿，但听说隔壁班班花也去北外了之后，忽然就明白了。最初，丁立夏想读的是北外，但为了他，她选择了跟他一样的学校，他却跟别人跑路了。

陈嘉尔打电话来问她为什么没报北外的时候，她生气地挂掉了电话。从那天开始，她就没有再接过陈嘉尔的电话，但在大学开学前，他约她吃饭，她还是去了。两个人坐在小餐馆里，闷头吃饭。吃完出来，他们站在街边，陈嘉尔忽然像从前那样搭上她的肩。"去了大学可别这么老实，好好学习，好好……恋爱。"他说。

丁立夏心里一阵发酸，但还是点点头："你也是。"

两个人再无言，走到公交站，彼此告辞。走出不远，背后传来他的声音，她转过头看他，却听不清他说了什么，只听见她的名字从他口中说出来，其他的都被吹散在风中。之后，陈嘉尔便朝她挥挥手，很快消失在夜色中。第二天，她去了上海，他去了北京。她想忘了他，于是减少了跟他的联系，唯有每年立夏，她会收到他的生日祝福短信。她一直都没有告诉他，其实她的生日是在立冬，因为家人说立冬像男孩的名字，所以取了"立夏"。

大学毕业后，丁立夏留在了上海，陈嘉尔突然跑来上海求关照。"为什么来上海？"她问他。"在北京混不下去了。"他笑得贱兮兮的。奇怪的是，多年未见，竟也没有丝毫疏离。陈嘉尔照旧搭上她的肩，她浑身一颤，他八卦地问她大学谈了几场恋爱，现在是否单身……在这一刻她才知道，她以为早已忘了的人，其实还在她心里赖着。一周后，丁立夏帮他找到了房子。作为回报，陈嘉尔说请她看一个月电影，但没想到第一天他就犯了老毛病。

从电影院出来已经很晚了，丁立夏自己沿着长街慢走，满怀失落。

丁立夏在凌晨前才回到公寓，刚踏进楼道就听见有人叫她的名字，声控灯应声亮起，只见陈嘉尔站在楼梯上，右手捧着一大束俗气的红玫瑰，左手举着手表倒计时："六、五、四、三、二、一！丁立夏，生日快乐。"这时，窗外午夜12点的钟声敲响，丁立夏明白了，他不是放她鸽子，而是去给她准备生日礼物了。但是，陈嘉尔给的却不止生日祝福这么简单，在下一秒，他忽然说："丁立夏，我喜欢你。"丁立夏身形一顿，这一切来得太快，让她措手不及，只见陈嘉尔一边走下来一边深情告白。

他说，他不知道从什么时候开始喜欢她，也许是她教他英语发音的时候，也许是她坐的那班公交车出事的时候，反正他就是喜欢她了。去帮隔壁班班花买早餐是他瞎说的借口，他听她同桌说她想考北外，便临时改了高考志愿。他还说，一毕业他就跑来上海，不是在北京混不下去，只是因为北京没有她。丁立夏怔怔地仰头望着他，一脸委屈地问："那为什么放了我那么多次鸽子？"

陈嘉尔只说："每一次都有原因的。"爬山那次其实是生病了不想让她担心，至于游泳那次是因为他根本不会游泳又不想在她面前丢面子，只好撒谎说去不了。声控灯忽然灭了，陈嘉尔终于鼓起勇气，紧紧地拥住了她。

黑暗里，丁立夏在他怀里忽然泪流满面，她整张脸埋在玫瑰花里，第一次发觉原来玫瑰这么好闻。就像那年16岁的陈嘉尔，从她身边走过时，她嗅到的香。

对啊，就是嫌你穷，才分手啊

文／七毛

没有谁的人生是一帆风顺的，爱情也是。

1

饿。

发完这条状态三个小时后，我就成了杨哥的女友。

他把饥肠辘辘的我叫出宿舍楼，问我：“想吃什么？”

“糊汤粉。”我脱口而出，眼巴巴望着他。

杨哥紧皱眉头，但还是立马揪着我直奔小吃店。

两天没吃东西的我，口含米线，感激涕零地问：“杨哥，你怎么不吃啊？”

杨哥顿了顿，抬头望天，又盯着我说：“哥只有十块钱。”

我差点儿噎住，吸了吸鼻涕，说了句：“哥，我身无分文，你若不嫌弃，我只能以身相许了。”

“好！”杨哥眼睛一亮，笑开了花。

2

2010年4月，我们大三，读大学的第三个年头。

那段日子我真的太穷了，吃了上顿没下顿。北方小镇的老家，我妈常年体弱多病，吃了几十年的药，我硬是给自己申请了四年助学贷款。

周末也不闲着，风风火火到处找兼职，发传单、摆地摊、做家教、当服务员，比我们校长还忙。杨哥，我们这所不知名学校的不知名学霸，低调寡言。在我弄丢800元生活费的第三天，用他那个月仅剩的10块钱解救了我。

我一直觉得，这世上最好听的三个字，绝对不是“我爱你”，而是“别饿着”。

好的爱情从来不用说，用做的。我们自然而然走到了一起。没有什么风花雪月的浪漫。

3

2011年6月，拍完毕业照的第二天，我就跟杨哥坐着12个小时的火车硬座，风尘仆仆从武汉奔向魔都。杨哥不顾父母反对毕业来上海，打算跟着学长一起创业，正好我也有个面试。

我跟杨哥辗转在长宁租了个隔断间，距离地铁口两公里。合同规定房租押一付一，只好一次性忍痛交了2000块。交完房租，我们全身上下只剩215块钱。坐在不足5平方米的房间，我跟杨哥长时间地沉默。

每天，我要跟十多个人抢马桶、洗衣机、水浴淋头，排队刷牙、洗澡、洗衣服。马桶一堵，恶臭熏天。

早上杨哥起床拉肚子，蹲在里面二十多分钟，隔壁一个男生敲着门怒骂：“便秘还是死了？能快点儿吗？”一向处变不惊的杨哥，那天脸色阴沉。

“没事啦，有得住总比没得住好！”我对着杨哥嘿嘿笑。

“委屈你了，等赚钱了咱们搬个大房子。”

“跟你在一起，什么都好。”

4

我的面试很顺利，就是薪水太低：试用期每月2500元，转正后3200元，偶尔会有奖金。

杨哥进入学长的公司参与项目，工资是我的两倍，每天朝九晚九，回到家已是深夜。我也是。我们当时最大的难题，是如何把这200块钱撑到发工资那天。

我们中午吃着米饭，就着榨菜，躲在格子间勉强度日。

我昏昏沉沉中被杨哥推醒：“面包、酸奶，你偷来的？”

杨哥“扑哧”一笑：“公司发的。”“哪个公司发这个？不信！”我满是怀疑。

“没事，正好路过，献血时送的。”

我心咯噔一下，眼泪哗啦哗啦往下掉，边吃边哭：“杨哥，我这是喝你的血啊！”

“放心，哥肾还在。”杨哥像个孩子一样笑我。我却哭得更厉害了。那时候我们最穷，却在深夜抱得最紧。

5

半年后，我们搬到了徐汇两居室的合租房，跟一对情侣合租。我跟杨哥兴奋地跑去买各种东西。

第一次，终于在房间里添置了落地镜、书架、衣帽架、地毯，贴了墙纸，挂起了照片墙，在阳台摆上花草盆栽。开始认真做饭烧菜，我们尽量不吃荤菜，一个月能省下不少钱。为了省地铁费，我买了辆二手自行车，每天来回骑行十几公里。

2012年，我们过得清贫又自在。周末偶尔出去吃顿好的，看场电影，或者去图书馆看看书，消磨一个下午。

6

没有谁的人生是一帆风顺的，爱情也是。上海房价涨一涨，我们心脏抖三抖。意料之中，房东给我们涨房租了。一个月加了800块。

2013年，股市一段时间连续涨停，我们身边同事都在炒股，杨哥也开始琢磨投点儿钱进去，他把这两年攒下的几万块全部放进去。我对股票不懂，劝他还是见好就收。

他一脸兴奋："现在一周就能赚到大半年房租了。"我也没法，只能由着他。接下来大盘跌得我跟杨哥大眼瞪小眼，四眼泪汪汪。没想到，此后事情更糟。杨哥已经三个月没有发工资了。

那几年，多少创业公司崛起，就有多少倍的创业公司倒下。他那段时间常常通宵加班，回来倒头就睡。我白天在公司上班，晚上回来接软文、写小说到凌晨两三点。

本以为靠着我能挺一段时间，可我脑袋一热，就把工作丢了。

我的新领导，在反锁的办公室里对我动手动脚的那刻，我终于爆发了。我辞职了！上了回家的地铁，我就后悔了，加上连续一个月来无休止的熬夜和不规律饮食，肚子突然疼痛难耐直冒冷汗。

晚高峰的地铁挤满了人。迷迷糊糊摸到家里，我躺到床上就睡着了。来上海这两年，我第一次觉得累。

7

一个月后，我们各自找到工作。杨哥在杨浦，我在闵行。相距三十公里的我们，只得分开住。

两年了，我们还是我们，也不再是我们。

工作日我们各忙各的，周末就待在一起。有时周末加班，我们半个月甚至一个月见上一次。我开始习惯一个人的生活，学生时代独来独往的日子又回来了。不知道是真的忙，还是为了忙而忙。我们的话越来越少。只是杨哥会主动给我打电话，让我多吃点儿、早点儿睡，问我钱是否够用。我吃着加班的便当，嘴里全是“嗯嗯，都好”。

8

2014年9月，杨哥的父亲突然被送到医院抢救，他连夜回了西安的老家，我赶紧打了几万块钱过去。两周后杨哥打电话给我，语气低沉：“怎么办？我妈只有我一人了。”“我知道了，你好好照顾她。”我眼泪在眼眶里打转。

“你来吗？”几乎是带着恳求的语气。我憋了几分钟，终于说出：“杨哥，我快28岁了，穷怕了。”

杨哥沉默良久，几乎哽咽：“对不起，没能好好养你。”

我挂了电话，躲在公司卫生间，泣不成声。心被掏空了一样。杨哥走了，回老家了，再也不回来了。

9

回到西安的杨哥，生活慢慢安定下来。我的工作步入正轨，一个人也租得起稍微好点儿的房子了。

2016年年初，杨哥的室友老章跟我说：“杨哥要结婚了。”

春节杨哥举行婚礼，我躲在老家哪儿都不想去。

后来老章跟我说：“结婚那天，杨哥喝得烂醉，哭着闹着要到上海吃糊汤粉，你说上海怎么会有糊汤粉呢？”

是啊，上海没有糊汤粉。但是武汉有，我们大三那年的武汉有。

我吃了那男孩一整年的早餐

文／台南阿呆仔

普通的故事，只要心存善念，闪光就会出现。

1

我的闺蜜A是一个很可爱的女生，在高中时期就非常受欢迎，加上她是热舞社的干部，认识很多人，很活跃。

高二的时候同时有两个学长在追她，他们不约而同地选用了送爱心早餐这个策略。A请他们不要这样，因为她早就有喜欢的人了，而且是从初中开始喜欢的好朋友，希望学长不要浪费钱。

但是学长还是一样每天都送来早餐，一个是拿到闺蜜负责打扫卫生的地方，一个是早自习完才拿来。

A告诉学长，她不会吃的，因为她觉得很奇怪。

他们不知道是钱太多还是怎样，每天都要送，而且说不在乎A有没有吃。

因为我早餐钱都只有50新台币，买个猪扒蛋饼就花掉35了，根本没钱买大冰奶，所以我就自告奋勇，要帮我的闺蜜解决早餐这个麻烦。

但是我早上不太容易饿，所以吃到的都是早自习之后那个学长送的早餐，而送到闺蜜负责打扫卫生的地方的学长大概送了三个星期就放弃了。

就这样，我每天都有早餐吃，50块还可以省下来，持续了整整一年，真是快乐无比。

学长毕业前，我突然想到一件事，学长付出了整整一年的金钱、时间与爱情，全都被我吃掉了！

后来我决定要去“自首”，然后顺便把钱还给学长，但同时我内心非常害怕他打我。

我到三年级那栋大楼，脚步很沉重，走到学长他们班门口。他看到我就跑了出来，学长算是认识我，因为有时候他送早餐都是我帮A拿的。

我把真相一五一十地告诉他，还说了要分期还早餐钱之类的话。

然后他竟然笑笑说：“我知道都是你吃的啊！因为有时候买到有小黄瓜的三明治你还会嫌弃，我还知道你最讨厌吃京味蛋饼。”

后来学长开始跟我网上聊天，我才知道他很早以前就发现了！

因为每次他送完早餐都会在门边稍微看一下，然后就会看到我飞快地去跟A拿早餐。

一开始他以为我家很穷，所以就算睡过头了，他还是去帮我买早餐，后来开始研究我看到早餐的表情。最后就找到了我的喜好。

然后我高中毕业他就成为我的男朋友了。他说他觉得我很善良，没有让他的早餐被丢掉或被其他男生吃。至少是个女生吃到的。

2

大家好，我就是《我吃了那男孩一整年早餐》的男主角本人。

因为她自称是贪吃的胖子这件事有点儿太疯狂，我还是称她为“矮子”就好。

其实我的版本没有什么浪漫的感觉，可能会让你们觉得很失望。对不起啊，我只是想把事情交代得更清楚，因为阴差阳错地喜欢上矮子，矮子突然跑来跟我道歉，然后我们的故事才正式开始的。

那时候我高三，忘记是校庆还是什么的，那是我第一次见到A和矮子。

其实第一眼吸引我的是矮子，因为她唱歌非常好听，再配上跟她身材很不搭的那把吉他，我觉得她很可爱。

之后就是A他们热舞社的表演，她又高又白又很漂亮，马上我就变心了，但我刚开始也没有想认识她们的意思。

至于买早餐，真的是因为我某天跟体育班的同学出去晨练顺便买的，因为我是住宿生。

没想到A竟然会直接跟我说，请不要买，她有喜欢的人了，她不会吃，希望我不要浪费钱。

我觉得她很真诚，所以我请她一定要帮我收下，不吃也没关系。

买早餐的事也真的就传开了，我越来越发现自己根本没有喜欢A的感觉，正当我犹豫要不要继续送早餐的时候，我好奇那之前的早餐是谁吃了？

我偷偷躲在门边看，观察了大约几天，发现原来早餐都是矮子拿去吃的，而且矮子不是无奈地接受，是在A走出教室跟我拿早餐时，就引颈期盼，然后一脸幸福地狂吃我的早餐。

我去吉他社探听了一下矮子的情况，矮子的社长告诉我矮子很爱吃。每次社团活动都会有便当，矮子一定会拿几盒回家，我想矮子应该家里有困难，所以决定要继续买早餐给她吃。也会开始研究她喜欢吃什么、不喜欢吃什么。

好几次我几乎要迟到，还是会冲出学校帮矮子买早餐，因为我已经习惯看到矮子打开早餐的表情。

慢慢地，我发现自己好像喜欢上了矮子，但是又觉得突然告诉矮子我喜欢她会很奇怪。而且一定会有人说我追不到A才追矮子的，还有我怕我说出来其实知道早餐是矮子吃的，她本人会很没有面子，所以我就默默地用酱油膏画东西给矮子。

后面就跟矮子说的一样，她突然跑来跟我“自首”。说了一些失控的话，讲什么自己是个吃货，每天都喝我买的大冰奶。最经典的是她一边哭一边说“对不起，把你的爱情都吃完了”，我觉得很搞笑。

也因为矮子跟我道歉，我才敢说其实我就是特地买给矮子吃的，之后我们才开始有密切的联络跟认识。

升大学的暑假，矮子为了要还我那些早餐钱，常常请我吃饭，接触久了才发现，我真的越来越喜欢矮子，她很贪吃也很善良，常常为早餐的事情跟我道歉，完全没意识到我可能喜欢她的这件事。

上大学之后我就离开了台中，怕矮子被追走，我一直给她洗脑说在台北读书多好玩。她后来也顺利地考到了台北的学校。

最后就成为我的“囊中物”了，其实很普通的故事，只要心存善念，闪光就会出现。

我喜欢你，与你无关

文／有故事的蒋同学

暗恋这种事，就好像下了一场雨，我故意站在门外，几度想要敲你的门，问你是否可以暂时借避，可我又不敢，只好一直站在雨中。

在佳伟昨天收到大熊的微信之后，她就失恋了，那种突然不知所措的感觉，佳伟这辈子都忘不掉。

其实这个世界上的玩笑话大都伴随着真心的意味，因为不敢大张旗鼓地直抒胸臆，所以才装作毫不在乎，以玩笑作为幌子来表达自己的心意。

佳伟就是这样的人，她对大熊说的每一句话看似都是开玩笑，但其实都别有深意，可是大熊不知道，她也不敢让大熊知道，因为怕大熊知道了，连朋友都做不成。

日子看似波澜不惊，但对佳伟来说，每天都喜忧参半。暗恋不就是这样吗？从未有一刻得到对方，却感觉失去了千千万万次。

佳伟喜欢大熊五年了，大熊虽然长相普通，但是每次看到大熊的笑，她就能瞬间被治愈。

大熊和佳伟是在读大学的时候认识的，他们三观契合，彼此有说不完的话题。其实一开始佳伟并不喜欢大熊，但是随着感情的深入，她对大熊也渐渐从朋友的感情升级为男女之间的那种喜欢，佳伟擅长掩饰和伪装，所以大熊并没有看出她心里的秘密。

大熊对佳伟很好，他会在佳伟心情烦闷的时候陪她聊天撸串，会陪她穿过两条街买她喜欢吃的小龙虾，还会在每年过年的时候给她包一个大红包。和大熊在一起的每一天，佳伟都暗自窃喜，有着说不出的甜蜜。

佳伟心有所属，所以她从来没想过和除了大熊之外的男孩在一起。大熊也兜兜转转，一直没有遇到心仪的女生。

大熊总会打趣佳伟说，实在找不到，就咱俩凑合过得了。佳伟知道大熊说的是玩笑话，可她心里却如沐春风。

这五年，佳伟一直站在离大熊刚刚好的位置，不敢向前跨越一步，更舍不得退后一分，她觉得，这些年那些暗恋的情愫反复拉扯着她，快把她逼疯了。

可即便如此，佳伟还是甘愿维持现状，她甚至想，这一生倘若都能以朋友的身份爱着他，也算是一种圆满。

可大熊总在张罗着给佳伟介绍对象，还让佳伟有好的姑娘也介绍给他认识。佳伟撇撇嘴，一边答应一边心里想：想得美，我才不给你介绍呢。

佳伟跟大熊说，等你有女朋友了请我吃饭，一边说着一边把阿肆的那首《有女朋友别忘了请我吃饭》分享给大熊。大熊并没有听出歌词的深意，只是不停地说："你这个吃货，放心吧，少不了你那一顿。"不知怎么，那一刻佳伟心里酸酸的。

后来大熊换工作了，大熊和佳伟之间也不像之前联系得那么频繁了。起初佳伟以为大熊只是工作忙，后来才从大熊的微博里发现了端倪。一向不把儿女情长放在心上的大熊突然开始频频发情话。女生的第六感让佳伟一下子绷紧了神经，直觉告诉她，大熊有喜欢的人了。

那几天她像做阅读理解一样反复翻看大熊的微博，图片、配文，甚至是标点符号，她都能揣摩好久。但她一直没有问大熊，因为她不敢，她害怕得到的是肯定的答案，她害怕她连暗恋都没了资格。

终于有一天，大熊来找她了，大熊发微信给佳伟：喂，我恋爱了，哈哈，啥时候请你吃饭啊？佳伟拿起手机看到“我恋爱了”这四个字的瞬间，眼泪也止不住地往下流。

那一刻佳伟突然想到微博上的一句话，那句话用来形容她自己再贴切不过了：暗恋这种事，就好像下了一场雨，我故意站在门外，几度想要敲你的门，问你是否可以暂时借避，可我又不敢，只好一直站在雨中。

佳伟那天沉默了好久，她不知道该用什么样的口气去回复大熊的微信才不会被看穿。

这五年中，佳伟制造过无数次和大熊的偶遇，积攒过无数次表白的勇气，最后却通通按捺住心情，将一切归零。因为大熊不爱她，所以即使她站在大熊左侧，也像隔着一条银河。

那天晚上，佳伟开始单曲循环那首《有女朋友别忘了请我吃饭》，听到那句“有女朋友别忘了请我吃饭，大不了喝口啤酒冲掉心酸”的时候，佳伟再一次哭得像个孩子。

再后来，佳伟发了一条仅自己可见的朋友圈：我喜欢你，与你无关。

遇见你是生命里最好的事情

文/居经纬

倘若心情不好，美食会让你找到恋爱的味道。

我是怎么跟陈潇走到现在的，我自己都不知道，甚至回想起来，自己都会吓一跳。

我跟陈潇属于两个世界的人，她喜欢享受生活中每个不经意的瞬间，从来不替未来着想。大学三年，她早已把五道口附近各式各样的美食吃了个遍，跟她出去吃饭，她会习惯性地掏出一大堆会员卡。

而我有着自己日复一日的梦想与追求，爱情和食物在我眼里从来都不会显得那么重要。但是，她在潜移默化地改变着我，我自己都不知道。

看着她的体重夜以继日地往上长，我也顾不上恰当的语气，直截了当地告诉她："陈潇，你这个胖子，别一天到晚就知道吃。"

陈潇的语气没有半点儿生气，她说："吃你家大米了？哦，不对，我将来是要喝你家粥的。"

我真是拿她没办法，但一开始却不是这样子的。

认识陈潇是因为部门活动，那天部门的人在一起吃饭的时候，突然间门口站着一个长相稚嫩的女生，后来她入座后做自我介绍，我才知道她的名字叫陈潇。我对她第一印象没什么好感，简而言之，就是身高不够，颜值也不够，只能靠一脸婴儿肥来凑。而且我是个特别讨厌在时间观念上不准时的人——第一次部门聚餐，她就迟到，这样的人，我丝毫没有兴趣结识。

最关键的是，当时我有个相爱的女朋友，即便遇到什么特别中意的女孩，我也不会造次。所以在认识陈潇一年以内，我们都没有什么交集，甚至都没说过话。

当然，这一年内也发生了其他的事，比如我跟女朋友分手了。

分手得不够和平，搞得尽人皆知，每个认识我们的人都知道我被她甩了，这其中也包括陈潇。

那阵子我心情不好，有次部门开会讨论活动方案，讨论了十几分钟无果的时候，陈潇突然出现在会议室门口，脸上愧疚的表情一览无余，我没给她好脸色，劈头骂道："下次你迟到就可以不用再来了。"

陈潇没有摔门离去，而是默默找了个空位坐下来。

会议结束后，大家都直接离开了，唯独陈潇没有直接离开会议室，而是在我手旁边放了一张纸条。我刚想问她写着什么的时候，她已经走出门外。

我打开纸条一看，上面写着一行字：倘若你心情不好，我可以带你去吃好吃的。

我心想，我们之间很熟吗？然后把纸条扔进垃圾桶，但第二天晚上，我却给她打了电话，问她在哪儿，让她带我去领略美食圣地。

从那时开始，我才知道她是个生性活泼的女孩，她乐观向上，好像在她身上从来不曾隐藏悲伤，最重要的是，她真的能在街道的每一个角落找到久违的味道。

之后的一年里，她带我去了很多地方吃美食，我也渐渐走出失恋的阴影。有时候我也跟她开玩笑："陈潇，你是不是对我有什么企图呀？做我女朋友门槛挺高的。"

她从来不会让我占上风："你得了吧，要是我看上你，你早就是我的盘中餐了，还等到今天？"

其实在一件事之前，我根本没想过让陈潇做我女朋友。虽然跟她在一起是件非常轻松愉快的事，但是谈恋爱和做朋友是两码事，我总觉得在她身上找不到冲动去爱的感觉。我不知道她对我到底有着怎样的情愫，是不是跟我的想法一样，我也不想知道。

前女友跟我提出复合的时候，陈潇好不容易帮我整理有序的世界一下子混乱了。那阵子我开始躲着陈潇，怕陈潇知道后说我没骨气，当然我也没有给前女友回复。陈潇是在我不理她一周后在我常去的咖啡厅找到我的，她好像知道什么似的，直接问我考虑得怎么样了，没有给我回旋的余地。

我说："我不知道。"

陈潇说："既然没有忘记，就要好好在一起。"

我说："但是有些东西已经回不去了，我并不想伤害她。"

陈潇说："那你约她好好说清楚。"

我没有约前女友吃饭，我给她回复了短信：对不起，我想我已经不是当年那个我了，我不能再像当年那样喜欢你了。

前女友并没有说我"敬酒不吃吃罚酒"，她给我回复的短信出乎意料地透着善意：是那个经常跟你走在一块儿的女生吗？看她的样子挺单纯的，挺适合你的。

跟陈潇在一起后，我们的生活与之前并没有什么两样。我们约会常去的地方还是各种各样的小吃街或者新开的餐厅。她对我说："我喜欢你，所以我要带你一起去吃好吃的。我愿意跟你分享我喜欢的一切。"

有时候我也会问她："除了吃，你还会做些什么？"她倒也不生气，用像递交挑战书似的语气跟我说："喜欢你呀。"

说实话，陈潇这种类型的女生我之前从来没有喜欢过。我觉得这种女生成不了什么气候，太小家子气，目光短浅。跟这种女生在一起久了就会浑身不自在。

我就这样开始嫌弃陈潇了。

我打电话告诉她："陈潇，我不喜欢什么都不会的女生，更不会喜欢一个什么都不会的胖子，你好自为之吧。"

我说出这句话之后就有点儿后悔了，我想我应该委婉一点儿比较好。

陈潇很敏感，那天晚上零点已过，我收到她的短信：我知道我自己从来都不是你喜欢的模样，我知道自己好吃懒做、没什么目标，但是跟你在一起后，我真的已经在努力追逐你的步伐了。我从来就没有奢望你会一直陪着我，如果你要离开，我也会像一开始那样送你走。所以，我同意你走，我们分手吧。

看到短信的时候，我心里很不是滋味。我给她打电话，电话响了很久也没人接。我给她发短信：我在你宿舍楼下等你，如果你愿意原谅我的话。

跑到她宿舍楼下的时候，她没有出现。我掏出手机看了看时间，都快凌晨一点了。手机也忘记充电了，我咬牙切齿地自言自语："你最好不要下来，下来绝对不给你好脸色看。"

我坐在草坪边上想起了一些往事。

是我之前失恋的那会儿，陈潇带我出去吃完饭，我不想早早回学校，就让她陪我在学校附近转了转。我带她走的路毫不陌生，都是之前跟前女友走习惯的路径。

陈潇当时跟我提了一个非常无理的要求，她让我做她的引路人，她说她要闭上眼睛走一段时间，问我她可不可以拉着我的衣角。

我没有拒绝。

后来如愿以偿——我一个人走在那条路上的时候，我第一个想到的再也不是前任，我反而会不经意想到陈潇拉着我衣角走路的那几分钟。我会无缘无故地笑出声来。

快凌晨两点的时候，我听见她宿舍门口有人出来，路灯渐渐照亮她的脸庞，我毫无计划地跑过去拥抱了她。

“傻瓜，谁说要离开你了。”

那一瞬间，我觉得即便她什么都不会，但只要她在我身边就够了。我跟她的第一次分手就这么未遂了。

后来，陈潇再也没有跟我提出分手。虽说她开始有意识地去学习在我看来有价值的东西，但是她对吃的热爱丝毫不减。

她就这么理所应当地胖了。

后来，有人问我：“你喜欢陈潇什么呀？”我说：“不知道，就是拿她没办法。”

我想，当你拿一个人没办法时，就是彻头彻尾地爱上她了吧。

就想要和吃货谈恋爱

文/归苏

孔壹身上源源不断的暖意让她像一只吸血的水蛭，咬住就忘记了怎么松口。

鸡汤浓郁的肉香味散发在连着几日偷偷降温的室外空气中，沈初捧着碗，将自己圆乎乎的脑袋深深埋了进去。

被挑逗了味蕾的姑娘全然不顾对面焦急的男生，兴致高昂地随手将短发别在耳间。

这已经是她的第二碗了。

即使跟随母亲来到北方已经有两三个年头，沈初还是适应不了这里干燥凛冽的气候。将鸡汤一口气喝光，她终于心满意足地打了个嗝，想起了快要迟到的事实。“还愣着干什么？快走啊，孔壹。”

男生认命般地站起身，一脸无奈地看着自觉坐到自行车后座的沈初，心里直犯嘀咕：“会不会有一天载不动她了？”

沈初刚来到大院的时候，可不是这样冷厉又带着英气的。孔壹还记得那时畏畏缩缩站在母亲身后的那个小女孩，有着漂亮的粉色蓬蓬裙，泼墨般的头发倾泻下来，害得他痴笑起来，不小心露出了平日里心心念念要藏着的金属牙箍。对，在十三四岁别人家的孩子情窦初开的时候，孔壹还是个龅牙男。大院里的孩子都各自占地为王，有着不同的帮派群体，没有人喜欢被冠上来历不明的孩子，自然也不会喜欢一个羞涩的、一不小心就对你笑并露出黑乎乎钢牙的小男孩。所以夹杂着不情愿或是少年时代的无能为力，他们风格迥异，自成一派，直到孔壹拿掉牙套，脸部轮廓愈加分明的现在。

有时候沈初也会想，孔壹不会不知道她的身世，大院里的孩子早已长大，不再需要拉帮结派，但这个男生还是以他特有的温暾与善良继续与她狼狈为奸。有时候沈初很想告诉他，其实她比他想象的要坚韧很多，但孔壹身上源源不断的暖意让她像一只吸血的水蛭，咬住就忘记了怎么松口，大约女汉子也有柔情的时分。

如果收到情书也算好事的话，那迟到被挨骂似乎也可以忍受。放学后坐在熟悉的大排档里，一边戴着塑料手套一边啃螃蟹的沈初读着破天荒收到的情书，并指出其中的语法错误，没看见孔壹僵硬的侧脸。孔壹熟练地拨开蟹壳，将内脏去除后扯掉了两边的鳃，用力将螃蟹肥美的躯体折断后，蟹黄混合着蟹膏就像是珍宝一样被贡献出来。孔壹催促着沈初超负荷的嘴巴，腮帮子鼓鼓的女生奋力吞下鲜嫩的蟹肉，喝了一口黄酒，准备用虔诚的态度对待珍馐。

黄酒是孔壹特地让老板煮的，沈初体寒，吃多了闹肚子。

“你会和我考一所大学吧？”

沈初闭着眼睛享受，同时坚定地点头。

孔壹像是吃了定心丸一般，舒展了表情，笑出了大门牙，越来越英俊的男生，好像也有了难以诉说的心事。沈初看在眼里，也只能装作不知。

他们算不得青梅竹马，只是总是在一起。所以不管沈初嘴上有多么嫌弃孔壹，内心还是期待着长长久久的岁月中都有着他的陪伴。孔壹的志向是做一名牙医，他本人就像是一块柔软的白豆腐，根正苗红，又让人心安。

如此看来倒是可以见一见这个号称“理科第一”的痘痘男，万一有幸得到什么绝密笔记也未可知。孔壹的成绩比沈初好了那么一点儿，所以，如果一不小心说不定就不能考到一个学校去了。而沈初是无论如何也说不出因为怕考不到一个学校，便觍着脸问痘痘男借笔记这回事的。

只不过是借了一本笔记，流言蜚语便像是乘着火箭一般蹿到孔壹的耳朵里。众人添油加醋描绘了沈初早已喜欢上了他，默默送了痘痘男一本情书的唯美场景。孔壹装作毫不在意的模样，注意力却瞬间全集中在了耳朵上，手中的水笔无意识地写出了痘痘男的姓名，再狠狠打了个叉。

一改常态的孔壹放学后并没有照例给沈初投食，而是在夕阳下用力蹬着踏板。

等红绿灯的时候孔壹终于有了表情，哑着嗓子问及沈初那件被传疯了的事，只是被沈初巧妙地岔开。单纯的男生以为她害羞因此才不愿开口，反而更证明了这件事情的真实性。难以抑制的难过与尽力地伪装都不够味，最好的办法就是用更高浓度的调料，掩盖这份伤痛，大脑已经宣布死机的孔壹说出了让他后悔的一句话，他说，他好像喜欢上了隔壁班的班花。沈初从后座跨下的动作一滞，分辨不清的神色隐没在朦胧的夜色中，轻轻地点了点头。

先前建立起的依赖与羁绊仿佛在这一刻就被剪断。被背叛的感受，自作多情的感受，让沈初只能缩回自己的壳中。

还是早点儿离开吧。突然的生分，从沈初解雇车夫开始。两个人各自心怀鬼胎，又难以解释，总以为躲得远远的，就不会让自己的心碎成豆腐渣。

高考的脚步越来越近，沈初许久不曾来吃蟹，正拿着笔记啃螃蟹之余，却看到孔壹形单影只也坐了下来。莫非是失恋了？虽然不曾见过他与隔壁班班花如胶似漆，但如此落寞似乎也不合常理。

目光相接又同样疑惑的两个人到底还是坐在了一张桌子旁，孔壹打趣她如此爱慕“痘痘男”，连笔记都要细细研读，沈初私心想着一切都已经尘埃落定，硬着头皮说出了想尽快提高成绩才拿痘痘男笔记的事实。了解来龙去脉之后的男生说不出“正好我也不喜欢班花”的耿直话，只敢在心里撒花。

喜欢到底是多么难说出口的秘密，它藏在黄酒里，藏在蟹黄里，又藏在彼此深深浅浅的眼底里。

日子像排骨汤一样温柔地淌过，自从那日后两个人便和好如初。沈初绝口不提班花的事，反正冷眼瞧着孔壹与班花也没有了下文，一颗心也就定了下来。沈初总是觉得总有一天自己能将心意说出口，却不知道那个“总有一天”到底什么时候才能到来。

高考时沈初发挥得也很好，本想和孔壹填在一个城市，可惜滑档，去了外省一个著名的师范学院。孔壹送她去火车站的时候紧紧抓着她的手，不舍与留恋都写在了脸上。沈初被他紧紧围在怀里，心想，他怎么还不说喜欢呢？列车缓缓出站，孔壹随着奔跑起来，用力敲着窗户，嘴唇张张合合，好像说的是“喜欢你”。

一切都水到渠成，只差捅破那层窗户纸。沈初笃定着他们之间的缘分，维持着不远不近的关系，暗暗积攒着勇气期待着那一刻的到来。

只是大二的时候她与同学去贵州支教，发生山体滑坡，被掩埋的恐惧与求生的希望相互煎熬，被救出来时已经奄奄一息。沈初颠簸许久，终于被送到当地最好的医院，全身检查下来，除了检查出牙周炎与蛀牙之外，毫发无损，可是那个戴口罩的牙医的眼睛真的好像孔壹，她张着硕大的嘴巴露出黑乎乎的牙齿，突然就号啕大哭起来。如果活着不尽兴，人生还有什么意义呢？她太贪恋世上的美食，也贪恋为她剥蟹壳的那个男孩。

于是沈初买了飞机票赶了回来，直接杀到孔壹的医学院，冲入无菌实验室，像只树袋熊挂在孔壹的身上，哭得一把鼻涕一把泪。被感动的年轻男人一把扛起她，带到熟悉的海鲜店让她大快朵颐，只是一向只动嘴的沈初这回有了女朋友的姿态，兢兢业业剥了蟹，在折断蟹身的时候，不温不火地说了句：“我喜欢这蟹黄，就像喜欢你。”

那个愿意和你一起胖的人哪儿去了

文/冷莹

每个人都是别人故事的旁观者。经由别人，路过自己。在别人的故事里搁一把自己的热泪。

“印度飞饼”是两个人。两个曾经是情侣的人。男的肤色比较黑，常被朋友笑话像阿三，所以叫印度。女孩因为和他形影不离，被人叫飞饼。绰号是大刘起的。那时印度飞饼文化还没有深入中国民间，曾经在中学时同父母游历过阿三故里的大刘便得意地跟我们描述印度飞饼的味道，据他鉴定，那是阿三民族里唯一适合我中土大胃的东西。

朋友们每每笑他们胖，俩吃货不约而同把肚子挺一挺，回道：“我们不是胖，只不过肉体生来比较有良心。你每天吃那么多还不长肉，对得起那些为你死去的猪鸭鱼羊吗？”

大家在一起聊天，说起男女朋友间那点儿感人的事。

印度满脸幸福地说：“飞饼每个周末都给我做饭吃啊！我家飞饼

做的咖喱牛肉、蒜香牛舌、香草烤蒜、水晶肘子、干煸脆笋……都是最好吃的。每个周末我看着飞饼系着围裙在厨房里一边做饭一边哼歌的时候都觉得感动。”印度咽了咽口水。

飞饼羞涩一笑，道：“有次我半夜三点饿醒想吃烤肉，印度骑着电动摩托出去到处找也没碰见有卖烤肉的，后来他逮着个正要收的夜摊，把人家剩的一点儿生肉串都买回来，在阳台上架着炉子给我烤来吃。当他把肉串端给我的时候，我就知道，我这辈子要嫁的一定就是这个人了。”

李山说了声“厉害”。李小荷掏出镜子补妆。三宝和楸楸笑得东倒西歪。大刘一手搂着沈青，一手拿根筷子敲敲碗，喊道：“你们敢来点儿浪漫的吗？”

飞饼说：“有啊！我们默契程度非常高，好多次我想吃什么，才说了前半句，他就把后面的话接出来了。”

大家集体翻了个白眼。“能聊点儿有意义有追求的吗？比如说……你们俩就没干过仗吗？”

“有。”两个人小鸡啄米似的点头。“我说老潼关家夹肉的馍是最脆的，她非说翠华路那家牙子更脆。你们评评理，牙子和白吉馍哪个会更脆？”等大家吃完饭散场，两个人还在那里吵得热火朝天。

大家都觉得这对吃货是情侣里头最具烟火气的一对，都存着红包等着吃他们的结婚喜宴。但事实常常告诉我们，现实总是有悖想象的。

事情从印度的爸爸突然查出喉癌晚期开始。印度赶回重庆服侍了老爷子两个多月，就披上了麻白孝衣，葬礼后被他妈叫到了房里谈话。他妈哭得一把鼻涕一把泪，希望他这个独子能回重庆，留在家乡，留在她身边。其实回重庆这件事印度抗争了很多年。印度从大学毕业开始就一直留在西安工作，后来遇到了飞饼。飞饼也是家里的独生女，早就答应过父母不远行的。

看着遽然变成孑身一人的老妈在自己面前老泪纵横，印度这次再也说不出一个“不”字来。印度和飞饼就这样分手了。刚开始，飞饼化愤怒为食欲，天天拉着朋友们胡吃海喝。酒肉心口过，愤怒入肚肠。

几周之后，飞饼不再吆喝我们出去吃饭了。不仅不吆喝我们，她自己也没了吃的心思。刺激她的不是我们几个，是印度。印度回重庆不久，就在他妈妈的安排下去相了几回亲，最近要和一个姑娘订婚了。

听闻这些，飞饼沉默了些天，出关之后像变了个人。她对“吃”这件热衷了二十余年的事突然丧失了兴趣。飞饼的“馋”就像一条被割离身体的阑尾，在和印度分手的这一年突然就离开了她。一起出去吃饭，飞饼象征性地吃了几口便不再下箸，搞得同桌吃饭的人都有些意兴阑珊。

我、李小荷、沈青都有些后悔，在飞饼还能借着吃东西疗伤的日子，没有陪她痛痛快快地吃下去。飞饼也开始接受身边人为她安排的相亲了。

和印度在一起的时候，飞饼觉得只要自己不嫌弃自己，胖也可以是一件很愉悦的事情。在印度离开之后，飞饼发现自己不能做一个快乐的胖子了，世界对一个女胖子充满恶意。

其实飞饼不用悲伤。在丧失了食欲之后，飞饼一直在变瘦。瘦下来的胖子果然是励志的，所有人都诧异地发现，飞饼其实有着尖下巴、小葱鼻和一双根本就不小的好看眼睛。飞饼居然是个那么美的姑娘！

以前印度说飞饼美的时候，大家只当是情人眼里出西施。等到瘦成一棵细柳的飞饼长裙娉婷地走到大家面前时，所有人都看见了曾经只有印度了然的美。

美女的相亲就变得很轻松了。不用相亲，路遇搭讪的就很多。飞饼慢慢也有了大美女都有的矜持，不多话，多半时间沉默，偶尔微笑。有几次，飞饼把自己曾经的照片取出来，给那些对她穷追不舍的男人看，她问："这是我妹妹，你喜欢吗？"

三宝和楸楸举办婚礼的时候，飞饼多喝了几杯，李小荷开车送她回家时问她："你到底想找个什么样的男人？"

飞饼醉眼迷离地伸出手指，在空气中勾画一个轮廓，说："一个愿意和我一起胖的男人。"

2011年，飞饼在翠华路开了家私人定制蛋糕店。同年年底，印度在重庆奉子成婚。李山和大刘开车去参加了印度的婚礼，飞饼让他俩捎去了一个红包。红包里是张卡，里面有两个人在一起时的一点儿共同存款。红包封盖的内侧写了一句没头没脑的话：牙子就是比白吉馍好吃。

后来，印度回西安办过一次事，大家一起吃了个饭喝了个茶。没有人叫飞饼，都知道叫了她也不会来。

印度也瘦了很多，瘦得我们有点儿不太认识。他已经不是那个一提吃就流口水的馋胖子，似乎比我们都更快一步地变成了稳妥老成的中年人。印度抢着付账时，打开的钱包里露出了妻子和儿子的照片。他儿子在那里甜甜地对着大家笑，小脸上聚集了爸妈的全部优点，长得真漂亮。

没有人提起飞饼。印度还是见了飞饼。离开西安前，印度让李山开车带着他去了趟翠华路。他让李山把车停在飞饼的蛋糕店对面不远处。他坐在车里，一直盯着玻璃橱窗后面忙碌的飞饼的身影看。

那天飞饼穿了条薄荷绿的长裙子，纤细的身形摇曳在明净的橱窗后面，很动人。

直到身上的小半盒烟都抽完了，印度才轻声跟李山说："走吧。"

在车上，李山心里还在想，看见前女友在自己离开后突然变成一个大美女，印度肯定后悔吧，换了哪个男人多少都会后悔的。

然后，李山就听到了印度叹气的声音。印度说："飞饼怎么那么瘦？还是胖点儿好。"

印度说那句话时的声音特别轻，像盖了很多床棉被的伤口，掩着，捂着，听起来还是那么疼。也正是在2011年，印度飞饼突然在古城莫名流行开来。一时间，走到哪里都见白衣厨子含笑走来，声势浩大地表演一张大饼在一桌人头顶飞来飞去的杂技。

飞饼从来不点印度飞饼，因为开蛋糕店的缘故，她现在非常不爱吃甜食。而每一次在餐厅里遇到头顶有张大饼在飞来飞去的时候，我总是会想起飞饼和印度。

想起那对胖乎乎的情侣坐在大家面前笑得甜蜜知足的样子，一样眯到快没缝的弯眼睛，一对连位置都相似的清浅酒窝；想起印度描述飞饼周末在厨房做饭时的幸福表情：也想起飞饼说到"我就知道，我这辈子要嫁的一定就是这个人了"时的笃定；想起飞饼醉躺在李小荷车上说"一个愿意和我一起胖的男人"时的温柔和无助；也想起印度在李山车里的那句无奈而疼痛的叹息。曾经说好的天涯海角后来都在，只是与当初的他们再无瓜葛。他们的故事已谢幕，在多情的记忆里和冷漠的现实前，喜乐疼痛早已被当事人深埋。能够肆意为那一场场拥有与离别落泪的，从来都是旁观者。每个人都是别人故事的旁观者。经由别人，路过自己。在别人的故事里掬一把自己的热泪。

餐厅师傅的大饼还在我头上飞，我们这桌人都傻傻仰着头。那团雪白的面饼，如飞碟一样，在厨师高举过头顶的手指间灵巧穿梭，上下飞舞，赢得客人们的满堂喝彩。最终它还是要离开那双它熟悉的手。

食物终要离开厨子。飞饼最终离开印度。这世界山长，水长，所有分别的人都还在。只是最初那个愿意和你一起胖着浪荡人生的人，他已躲入人群，不见了。

我和『伽利略』的第十年

文／淇水汤汤

你愿意等一个人十年，只为了一个并不确定的答案吗？我的答案是，我愿意。

1

我和“伽利略”相识于一个失恋的下雨天。

14岁的我，仅仅因为男生长得好看，就鼓起勇气跟篮球队的“流川枫”表白，结果被发了好人卡。

那天雨下得很大，全世界仿佛都要被倾倒出来。

我撑着伞在雨中的水洼里一阵疯狂踢踏，踩得水花四溅，才觉得痛快。没留神把水花溅到了旁边人的身上，我慌忙道歉。可对方像没听到似的，理也不理我，继续往前走。他没有打伞，雨幕里颀长的背影显得孤独落寞。我想，他会不会也失恋了？

“同学，一起打伞吧。”我走上去分一半伞给他。他好高啊，我只好把伞高高举起。

他后退一步，看了看我，说：“这雨的pH（酸碱值）值才

6.8。”

我还愣在他帅气的外形上，傻乎乎地问：“什么？”

“不是酸雨，所以淋雨也没关系。”他把手里的pH试纸递给我看。

我石化三秒，不依不饶地把伞送过去：“可是淋雨会感冒啊。”

他一本正经地解释道：“感冒是病毒感染，跟免疫细胞有关，跟淋雨无关。”

这就是我第一次遇见“伽利略”的场景。对我来说，他是一本亮闪闪的《百科全书》，在雨中花了两个小时给我论证淋雨的好处，而我其实……只想和他共撑一把伞而已。

2

“伽利略”的本名叫阮冬宸，智商和身高一样是187，出身于科学世家。他已经拿了几次国际奥林匹克数理化的金奖。

高智商、低情商的怪咖少年，在学校自然是独行侠，大部分时间都是趴在桌上睡觉，醒的时候也是忙着演算扭量理论之类，浑身上下散发着“生人勿近”的气息。直到某天课代表收语文作业时，他突然对我说：“糟糕，我作业忘记带了。”

我目瞪口呆地望着这个永远年级第一的学霸，竟然也会忘事，一个人凌乱了好久。

我们熟起来后，他叫我“根号二点五”，因为我的身高只有一米五八。事实证明，学霸从来不会放过任何秒杀差生的机会。

3

高二暑假，有一次我在公园散步时遇上了他。“根号二点五！”他拿着一个白色昆虫网，戴着有探照灯的安全帽，还背个越野攀岩包。我轻咳两声，说：“你这是去干吗？”

他笑点向来很高，面无表情地说：“我在抓双叉犀金龟。”

见我满脸疑惑，他撇撇嘴：“‘独角仙’，你总知道吧？”

我点头："你捉那玩意儿干吗？"

"你没看新闻吗？"他疑惑地挑眉，"在光线照射干扰的条件下，独角仙的外壳会形成绿色，但水渗透外壳多孔层时，又会变黑，这种特征可以研发湿度探测器……"

我耐心地等他说完，嘴角抽搐着笑："正常高中生不会看这种新闻吧？"

他耸耸肩，不置可否。

有了校外的接触，在学校里我们自然更亲密。校园里最不缺乏的就是八卦，很快流言蜚语四起，直到我被班主任叫到办公室去。

我被逼急了，突然蹦出一句："是！我喜欢阮冬宸！"

我喜欢他，我当然喜欢他。

他就像一道光，照亮了我灰蒙蒙的青春。

阮冬宸扭头望着我，我看不清他的神色。

时间仿佛凝固了，不知过了多久，班主任轻咳几声："阮冬宸，你呢，你也喜欢蓝蓁蓁？"他的眸光一片迷惘，淡淡地说："我不知道。"

那天我一直强忍着没哭，直到晚上回家，眼泪才掉下来。我发誓再也不理阮冬宸，可下一秒就听到他在楼下叫我，真是没办法。

4

我没想到，会有一个靳居里闯入。

阮冬宸给我介绍靳居里时，双眼都在发光："她10岁时就能把烤箱改装成智能机器人呢！"

靳居里14岁去美国加州念书，一回来就和阮冬宸用流利的英语交流。即便他们换成中文我也听不懂，因为他们交流的是科学术语，甚至都没有相对应的中文翻译。

我只好去泡一壶咖啡，可靳居里说："我不喝转基因的咖啡。"这是她对我说的第一句话。靳居里是飓风，她一来，就摧毁了我的整个生活。

那年高考，我毫无意外地考砸了。

阮冬宸和靳居里一起去了斯坦福，我却进了复读学校。我们隔着51个经度，18个纬度，整个太平洋。

阮冬宸去机场前，到我家楼下喊我：“蓝蓁蓁！”他第一次叫我的名字，“我要走了！”我躲在窗帘后面粗鲁地擦着眼泪，假装坚强地喊：“我要学习，没时间送你！”

阮冬宸在楼下等了很久，等到快赶不上航班，终于落寞地坐上了出租车。

5

就算非常努力，人与人之间还是会有差距，我终究只考上了一所普通的大学。原本以为，我和阮冬宸会越走越远，谁知大二那年，修满学分提前拿到学位的阮冬宸却回国进入顶尖科研机构。

他开车到我的学校，时隔两年说的第一句话却是：“你不带把雨伞吗？36分钟后会下雨。”

我一下子愣在那里：“36分钟？”

这就是我亲爱的“伽利略”，他可以如此简单地把我们分离的时光，像掸掉灰尘般迅速掸掉。在他的邀约下，我成了他科研室里的助手。我们依然很默契，他一个眼神，我就知道他要什么。

21岁的初秋，我生日那天，他问：“要不要坐热气球？不如做一个，我们到天上看云。”

对他来说，做热气球就像下面条一样简单。阮冬宸牵着我的手，热气球缓缓升上天空。我们微笑着对望着，我的眼泪就流了下来。他手忙脚乱地帮我拭泪，我狠狠地抱住了他，哽咽着说：“阮冬宸，我喜欢你，我会等你。我一直在努力，从来没有放弃。”

清风如醉，我在2000米的高空哭得像个泪人。一切仿佛回到了15

岁的年少时代。人生在世，匆匆苦短，有过这么多美好的瞬间，还奢求什么呢？所以当靳居里再度出现时，我已经足够冷静。我对她说的第一句话是："这是非转基因的咖啡。"第二句话是："你有没有问过阮冬宸？或许你只是一厢情愿。我承认你们有很多共同话题，但你要知道，爱情是世界上最无解的东西。"

靳居里到底是靳居里，她淡定地勾唇一笑。"你认为他喜欢你？"她把手机递给我，屏幕上是阮冬宸发给她的邮件，"你看得懂吗？"

那是一串很奇怪的字符："$r=\alpha(1-\sin\theta)$"。我百度了那串字符，是数学家笛卡儿给瑞典公主的最后一封信。在纸上建坐标系，用笔在上面描下方程的点，会是一个美丽的桃心。

从14岁到24岁，我追逐了"伽利略"整整10年，等待他的一个答案。我看到阮冬宸穿着黑色风衣，大步朝我走来。我站起身，微笑："我等你很久了。"

他慢慢笑起来："是啊，10年了。我是来告诉你答案的。"

我看到他手里的仪器，问："这是什么？"

"我忘记带伞了，还有三分钟会下雨。"他伸手揽过我的腰，不容拒绝，"三分钟，真是不够呢。"说完，他俯下身，撕破10年岁月锦缎，狠狠地吻上了我的唇。

靳居里昨晚的话犹在耳畔："其实那个公式，是他准备给你的情书，他问我这样表白女孩子会不会喜欢？"

她还说："他真的很慢热，但是一旦动心就一生一世不会更改。你很幸运，他其实早就爱上了你。"

所以，他才会为我提早回国，为总是忘记带伞的我，发明一种精准预测下雨的仪器。亲爱的"伽利略"，$r=\alpha(1-\sin\theta)$，我也爱你。

许先生的爱情

文／自由极光

一个男人，能忠诚于自己的女人，能对得住自己的朋友，能善待自己的家人，那他便是世上最man（男子气概）的男人了。

许先生有很多女性朋友，总是一起逛街，一起吃饭，一起讨论时尚和保养品。他无限热爱自己的生活方式。他喜欢在阳光和煦的午后坐在咖啡馆喝着精致的下午茶，喜欢在沐浴之后涂上滋润的乳液，然后敷一贴昂贵的面膜，喜欢精致和优雅的生活。

无论何时，你看见的许先生都是干净、清爽、大方、得体的。

我挺羡慕许先生的，因为他高贵典雅的生活和身边总是美女环绕。可许先生告诉我，他高中时候的生活并没有这么快乐。

经历过高中时代的你一定知道，正值叛逆期的男孩子们压根儿就瞧不起许先生这样的族群。当他们在足球场上挥汗如雨、英姿飒爽的时候，许先生永远都是那个跟一群女生坐在场边嗑着瓜子闲聊的人。

“我也想学着踢足球，可是没办法，跑两步就喘，看见球就怕，而且我特别讨厌流汗，汗臭味儿让我恶心。”许先生说。

许先生告诉我，自己被攻击可能还有一个原因，就是他跟校花小姐是无话不谈的好朋友。

校花小姐人美嘴甜，学校里有不计其数的男生追着，可校花小姐偏偏就跟许先生出双入对、形影不离，为许先生引来一拨又一拨的嫉妒和怨恨。

“你为什么不离她远一点儿呢？”我问许先生。

“因为我们是好朋友啊，行得正，站得直，为什么要因为别人而刻意保持距离？”

“那你不就可以少受点儿欺负吗？”

“无所谓，反正高中不过三年，朋友却可能是要做一辈子的。”

许先生的这句话，让我在心里为他默默点了无数个赞。

许先生说自己幸福的高中生活是从一个夏日午后开始的。

那天校花小姐身体不适，请了半天假在宿舍休息。课上到一半，外面突然躁动起来，消防车的声音越来越近。楼梯间早已挤满了看热闹的人，打听之后才知道，女生宿舍起火了。

“不好了，校花小姐还在宿舍睡觉呢！”许先生冲着一群正看热闹的男生大喊。

一群男生叽叽喳喳地一边着急，一边继续向火场看过去，许先生思考了片刻，拔腿就往女生宿舍跑去。

当他气喘吁吁地跑到现场时，校花小姐刚被消防员带出来，安然无恙。

许先生激动地跑过去，满眼是泪地拉着校花小姐的手问道：“你这个人，想吓死我呀，昨天我新买的鞋子还放在你宿舍呢，没给我烧坏吧？”校花小姐笑着推了许先生一把，把一个袋子递给他说：“喏，值钱的都在这儿呢，你的鞋子也在。”

“瞧你这点儿出息，差点儿被烧死了还惦记着这点儿散碎银两。”说着，两个人肩并肩在众人的注目礼中向教学楼走去。

从那之后，再也没有人欺负过许先生。而校花小姐也始终都与他做着亲密无间的好朋友，而且最近听说，他们很快就要结婚了。

再后来我遇见过校花小姐，问她为什么在“芸芸众男”里面，偏偏挑中了许先生。校花小姐笑了笑告诉我：“那次火灾我一眼看到他，就比谁都清楚，这世上，没有人比他更珍惜我。那一刻，他是我的英雄，真的很man。”

很多时候我总会想，究竟什么样的男人，才是大多数人嘴里所谓的man？

我身边有些依然瞧不上许先生的朋友，他们自以为很阳光帅气，大肆龅牙，口口声声说着“男人就应该有个男人的样子”。

可事实上，他们谁都没有十足的把握对自己的人生和朋友负责。

其实所谓的man，并不只是那点儿弥散的汗臭味，也不是受伤之后甩甩手说句“没事”那么简单。

“男人”这件事情于大部分人来说，归根结底，其实就是三个字——责任心。生活方式之外，你要看到一个男人的本心。一个男人，能忠诚于自己的女人，能对得住自己的朋友，能善待自己的家人，那他便是世上最man的男人了。

你为什么喜欢我

文/烟波人长安

喜欢一个人，没有为什么。

那一年，我上高二。离高三还早，不需要考虑高考的压力，所以整整一年都过得自由自在。

当然像我这样的人并不多。比如我的同桌，就是一个刻苦认真的好学生。从早到晚，她永远在做卷子，数学、物理、化学、英语……也不知道哪儿来的那么多试卷，每张都密密麻麻地写满了字。她也从来不正经吃饭，午饭吃一包饼干，晚饭吃一个苹果。每天也不说话，也不知道在瞎忙什么。问题是，她的成绩并不好，每次考试都在二十名左右徘徊。所以她都忙了些什么啊？

她叫苏雪，很普通的名字。长相也很普通，扎一个马尾，戴一副眼镜，没有朋友、独来独往。班里人都觉得她是怪胎，同班一年多，还有人记不住她的名字。

同桌三个月，我也只和她说过一句话：“苏雪，你卷子往旁边挪挪，我放不下胳膊了。”

很多人都猜她是不是有什么心理疾病，包括坐我前排的“七喜”。我和“七喜”是很好的朋友，有一天我不小心得罪了七喜，七喜要和我绝交，除非我假装去追苏雪一个月，我不想和“七喜”绝交。所以我只能硬着头皮去追我的同桌。问题是她根本视我如空气。我故意大声清嗓子，在座位上搞出很大的动静，她都不理我。

没有办法，我写了张字条递给她：你平时怎么不说话？苏雪扫一眼，把字条揉成一团。我只好又写了一张，苏雪第二次揉了字条。我咬牙切齿地写了第三张。

这次苏雪很长时间没反应，半节课过去，她忽然捅了捅我的胳膊，面无表情地递给我一张纸：不想和不好好学习的人说话。

虽然惨遭羞辱，但还是有成效的，于是我又写：你好像每天只吃饼干和苹果，会营养不良吧？她写：和你有关系？我写：当然有关系了！我是个善良的人，同桌过这样的日子，我都吃不下饭、睡不着觉。以后我每天给你带饭。苏雪回复：不用。

这点儿挫折就能打倒我吗？不能。第二天中午，我在食堂打了两份饭带回来，笑嘻嘻地放在她桌子上。结果她看都不看一眼。那天中午，我一个人吃了两份饭。第二天中午，我还是打了两份饭。苏雪还是没吃。第三天中午，我继续拎着饭回教室，默默放在苏雪桌子上，开始吃我那份。过了五分钟，苏雪轻轻叹了口气。她慢慢伸手拿起袋子，解开，小口吃了起来。

“谢谢。”过了一会儿，她忽然没头没脑地说了一句。我愣了一下。

从那之后，我每天都会给她带一份饭。我们两个各自坐在座位上把饭吃完，我趴在桌子上睡觉，苏雪做她的卷子，一张又一张。我们依旧用字条聊各种天，天南海北聊了个遍之后，苏雪突然问我，为什么要关心她。

我无言以对。我很想和她说，这其实和你没有关系啊！我只是不想被七喜告发而已。

但是我说不出口。我随手写：因为……喜欢你呗。“刺啦”，苏雪又划破了一张卷子。

过了许久，她在我桌子上放了一张新字条：为什么喜欢我呢？“其实，一开始就不喜欢你啊！”我心里满是愧疚，但也只好硬着头皮写：就是喜欢，没有为什么。苏雪看着这句话，慢慢地，嘴角弯了一下。她笑了。可我一点儿都笑不出来。

这种状态维持了两个星期。一开始“七喜”看到我们中午一起吃饭，还会露出一脸奸笑，暗地里冲我竖大拇指。后来他显得有些不安，每次看到我都是一副欲言又止的神情。某天他突然从我桌子上抢了一个本子，趁苏雪没注意，在本子上写：你不会假戏真做了吧？我写：没有！但我也不想被告状。“七喜”继续写：我已经原谅你了，不会告你状的。趁早收手吧。我也想收手啊！但是这种事，该怎么对苏雪说？说“对不起，我不是故意的，是‘七喜’威胁我的？”

最后我也没敢。

第二天，我不小心睡过了头，上课时把一个本子从桌上碰了下去。本子整个敞开了。苏雪低头帮我捡。一瞬间我忽然意识到——那是昨天“七喜”和我聊天的本子啊！本子还敞开在最新的那页！我赶紧抢在苏雪前头把本子拿过来，迅速把本子收进抽屉里。苏雪看了我一眼，没说话，转头低声背着单词。我忐忑极了，她应该没看到吧？似乎是没看到。那之后我们还是继续这种莫名其妙的纸上沟通。苏雪偶尔也会问我到底为什么喜欢她。我一律昧着良心说没有理由。但每说一次，都觉得，我真是一个浑蛋。

最后还是高考拯救了我。学校为了保证高考的升学率，把高三全年级按成绩分班，差别对待。我和苏雪被分到了不同的班级，顺理成章地就断了联系。

我松了口气，以为这件事差不多可以过去了。后来有一天，“七喜”来找我，神神秘秘地给我一枚小信封，说是苏雪托他带给我的。我拆开信，里面只有一张纸，纸上只有一句话：谢谢你。我深吸一口气，把这张纸撕得粉碎。“七喜”缠着我问上面写了什么，却被我赶了出去。

所以她知道了吗？无论知道或者不知道，都不重要了。之后我还去过苏雪那个班的教室。隔着好几排座位，我又看到她。她还是认真地做着卷子，仿佛什么都注意不到，眼镜后面，仍然是张没有表情的脸。

后来的后来，我再也没有见过她。

我的初暗恋

文/简恋

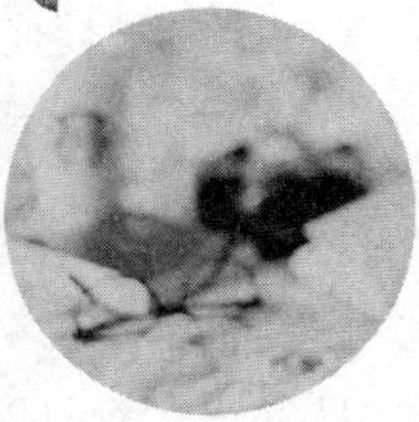

何景仲那个放肆妄为的样子，完全符合我对此间少年的所有期待，光看着他，就觉得熠熠生辉。

1

我第一次知道何景仲这个人是在高二那年，那时候是秋天，学校里种满了银杏树，茂密的银杏树叶漫过天际，连成一片，美是美的，只可惜风过留痕，每次都苦了打扫卫生的同学。见到何景仲的头一天是个大风天，值周的我面对一地金黄，心情美丽又惆怅。

我拿着扫帚开始清扫，没过一会儿，教导主任就领着一个男生过来。快走到我身边的时候，教导主任扯了一把跟在他身后的男生，把他拉到我面前，对我说：“陆思年，你不用打扫了。接下来的任务全交给何景仲。”

我小声地问：“为什么？”教导主任气冲冲地对何景仲说：“你自己说，怎么，你做的好事自己都不好意思说吧？犯错误还敢顶嘴……”我听得一愣一愣的。一旁的何景仲却显出不耐烦的神色来，他把书包往树根处一丢，一把夺过我手里的扫帚，一脸戏谑地看着我，笑嘻嘻地说：“好学生，你走运啦，有人替你的班，你走吧！”

我一直记得那个场景，地上是地毯一样黄灿灿的铺陈，同时树上还不断有残叶飘零下来，何景仲就那样立在秋天的晚风中，一头碎发散在空气中，笑着对我说话。

就在那一刻，我17岁的少女心怦然而动。

我不知道哪里来的勇气，居然迎着教导主任冷厉的目光坚持说：“我留下来和何同学一起打扫吧！”

何景仲有些诧异地看着我，但很快笑意盈盈地说：“没想到你还挺讲义气的嘛！”

我们就这样在那个落着银杏树叶的傍晚一起默默打扫着教学楼下那块巨大的空地，“簌簌簌”的扫地声和我“怦怦怦”的心跳声交相回应。

2

我值周的最后一天也是何景仲受罚期的最后一天，乖张的他并没有安静地收尾，而是又做了一件惊世骇俗的事情，他用地上的落叶在那块空地上堆出了他爱慕的那个女生的名字。

然后他站在那三个字中间，朝楼上大声喊道：“何书曲，我喜欢你；何书曲，我喜欢你；何书曲，我喜欢你……”那三个字念起来真美，却像一根刺一样扎进了我心里。

那时候已经放学，但学生并没有散尽，他这么一喊，教学楼的走廊里一下挤满了看热闹的人。我则站在他身边，久久无法从惊骇中回过神来。不知道为什么，何景仲那个放肆妄为的样子，完全符合我对此间少年的所有期待，我一时陷入一种无法言说的迷恋里，光看着他，就觉得熠熠生辉。

没过一会儿，教导主任就万分恼火地从楼里出来，几乎是跑着朝我和何景仲而来，嘴里叫嚷着："何景仲，你反了天了……"见势不妙的何景仲赶紧停止叫喊，扭头笑哈哈地拉过我就跑。

我从来没有试过被一个异性这样拉着狂奔，并且是在众目睽睽之下，我的脑子无法思考，身体却诚实地任由何景仲带着向前。在通往校门口的那条路上，何景仲的脚步重重地一下一下踩在厚厚的银杏树叶上，鼓动衣襟的长风把他的T恤吹得鼓胀了起来，蓬松的碎发在头顶弹跳着，跟在他身后的我看得完全无法抽离眼神。

我知道我完了，我发了疯一样为他着迷。

我边跑边大声问他："何书曲是谁？"他也大声地回我："一个跟你一样的好学生。"

3

第二天，何景仲和我一起被叫到了办公室，那个叫何书曲的女生也在。

教导主任先开口："书曲，你有什么要说的？"

何书曲站起来走到何景仲身边，用那种我们这些好学生特有的调调说："何同学，我跟你不熟，也没有想跟你熟的意思，请你以后不要再做那些无聊的事，因为这让我真的很困扰，马上就要念高三了，我不想为学习以外的其他任何事分心。请你放过我吧！"

她居然对一个这样热烈喜欢着自己的人说"放过我吧"，难道不应该是感谢吗？即使你并不接受。

想到这里，我为何景仲感到莫名地难过。扭头去看他，他的表情果然很复杂，沉默了一会儿后，他用有些自嘲的语调简洁地说了一个字："好。"

何景仲自然要被处罚，我也被当成共犯，教导主任言辞切切："陆思年，叫你离他远点儿你不听，你看你被他带的。"

何景仲要为我申辩什么，我抢在他之前说道："他没有带坏我，是我自己要和他一起跑的。"

教导主任脸上惊诧的表情我至今难忘，他大概没想到一向乖巧的我会这样明目张胆地"造反"。

最后，我和何景仲被一起留在办公室写检讨，他"唰唰唰"几下就搞定了，我却半天落不下笔。他问我怎么不动笔，我只好老实说："我没写过，不知道怎么写。"

他听完，丧心病狂地笑了起来，边笑边说："真是三十年河东，三十年河西，如今好学生需要坏学生来辅导了！"

我在他的"帮助"下完成了人生中的第一份检讨。不知道为何，心情居然有些雀跃。

他问我："你为什么要说自己是同谋？"

我回答："因为我想和你一起，因为我不想做一个像何书曲一样的好学生。"

他的眼里闪过一丝光芒，我把它叫作感动。

4

我和何景仲就这样结成了联盟，在接下来的高中生涯里，很难说我们谁向谁靠近。我学了一份他的自由无畏，他学了一点儿我的专注勤奋，其实他成绩不坏，只是性子有些野，人也略懒，纠正过来之后，成绩居然和我不相上下，着实吓了我一跳。

我们就这样相伴着度过了炼狱一样的高三。

而对于我从第一眼就喜欢他这件事，我一直埋在心底，绝口未提，即使何书曲对他来说，早已是历史。

我想，它可能会成为一个腐烂的秘密，即使要毕业了，这个我第一眼就喜欢上的男孩也听不到我一声勇敢的告白。

放榜之前，我一直很忧虑，想到从此以后，这个人会渐渐淡出自己的生命，心里的难过简直无法形容。

那天还是来了，我磨磨蹭蹭地来到学校，在那张手写的大红榜单前徘徊良久后，终于来到它面前。我扫了一眼榜单，心突然突突突地好像坐云霄飞车似的跳了起来，我简直不敢相信自己的眼睛，何景仲的名字赫然跟在我的后面，我几乎是短路了一会儿，才明白发生的事情：何景仲和我考上了同一所大学！他从来没有跟我提过啊！

他不知道什么时候站到我身后，如初见时一样笑嘻嘻地对我说："干什么？好学生，看到曾经的差生逆袭成功，不服气啊？"他这句话让我几乎要流下泪来。

我问他："怎么会？"

他回答："因为我想和你一起，因为我想做个和你般配的好学生。"

他的眼里闪过一丝光芒，我把它叫作坚定。

为爱画张幸福的脸

文/韩十三

以后要是照相馆嫌你丑，不给你照相，我就为你画一辈子像，好吗？

只露半张脸的模特儿

陈嘉鱼扔下画笔，无可奈何地看着眼前的刘亚诺，这个用浓密黑发盖住左边脸颊，只肯露半张脸的女模特儿。从这个角度看来，刘亚诺的神情，那么像小时候的左稀音。

于是，陈嘉鱼走到女孩身边："刘亚诺，你到底给不给我看另一半脸？"

女孩抬起头来："陈嘉鱼，我求求你，只画半张脸，好不好？"

莫名其妙，她怎么会提出这么无理的要求？陈嘉鱼吹了声口哨，叹气："刘亚诺，你左脸上难道有一块巨大的红色胎记？还是，长满了雀斑？"

刘亚诺缓缓站起身，从画架上取下单肩包，然后，潇洒地给了陈嘉鱼一记响亮的耳光，扬长而去。

陈嘉鱼追出去，对着走廊里挺拔的背影喊：“刘亚诺，你有什么了不起的，不就是长得漂亮点儿吗？本少爷还不得意你呢。你给我听好了，你明天不用来了，我不用你了。”

刘亚诺在不远处停住脚步，然后转过头来，一字一顿地说：“陈嘉鱼，你答应过要给我画一辈子像的。”说完，她高傲地消失在下课后涌出的人潮中，留下呆立在原地的男生，供无数探究好奇的目光打量。

诬陷，这绝对是诬陷！陈嘉鱼欲哭无泪，满脸通红地冲回宿舍，把仅穿一条大花裤衩的阿木从被子里面揪出来，拷问：“蔡阿木，你老实告诉我，刘亚诺那妖孽，你是从什么地方给我扒拉出来的？”

阿木揉揉眼睛：“怎么？不符合要求？”

“什么要求不要求，她根本就不听我的！三天了，她总是把左脸藏在头发后面。这让我怎么画啊！书画大赛下个月就要截稿了。你总不能让我把一幅只有半张脸的作品交上去吧？”

阿木沉思片刻，贼笑着拍拍对面男生的肩膀：“兄弟，刘亚诺这样的冰美人，可不是那么容易对付的。”

陈嘉鱼灌了自己一大杯凉开水。算了，和对面这位每天想着怎么追女生的仁兄交流，活生生是对牛弹琴。

晚上，陈嘉鱼还在为书画大赛的事辗转难眠，看着窗外朗朗明月，突然就想起小时候的左稀音来了。

那时候他们同在军区大院生活。左稀音的爸爸是陈嘉鱼爸爸手底下的营长，所以两家的关系很近。左稀音比陈嘉鱼小三岁，整天跟在陈嘉鱼后面晃荡，在“过家家”中乐此不疲地为他扮演着各种角色。从媳妇儿到女儿再到妈妈，一个女人完整的一生，她用两年的时间体验了个遍。她甚至还在一次野战游戏中，扮演过一回顶着炮火冲锋陷阵的战地护士。

只是在她七岁的时候，发生了一起意外。这改变了她的一生，也改变了陈嘉鱼的命运。那件事情以后，左稀音就跟随复员的爸爸回老家了，两个人之间从此失去了联系。

后来，陈嘉鱼曾经问过父亲，左叔叔为什么一直不跟他联系。

父亲勉强笑一笑：“还不都是为了你这个浑小子？他是不想让我们感到内疚啊。”

幼年的陈嘉鱼双手叉腰，正气凛然地说：“我会对左稀音受伤负责，一定会把他们找回来的。”

想到这里，陈嘉鱼哑然失笑。

与《蒙娜丽莎》相媲美

陈嘉鱼第二天来到画室时，刘亚诺已经等在那儿了。她今天穿了一条烟灰色的长裙，白色短袖衬衣，黑领结打得一丝不苟。

陈嘉鱼把工具一股脑儿摔在桌子上，双手交叉在胸前：“不是已经告诉你，我把你辞了吗？你还来干什么？”

刘亚诺不说话，从书包里掏出一张纸放在陈嘉鱼面前。那是当初他们签订的“协约”。上面清清楚楚写着：双方合作时间为半个月，违约者双倍赔偿佣金。而对于模特儿露一张脸还是半张脸这件事，上面只字未提。

陈嘉鱼绝望地长叹一声。刘亚诺却转身从书包里掏出一袋包子，放在他面前，满脸诚挚：“陈嘉鱼，以后我天天请你吃早餐，你就别为难我了好不好？”

陈嘉鱼再也没能控制住那颗暴躁的心，他狠狠地把包子掷到地上，大声吼道：“刘亚诺，你为什么只让我看半边脸。那么多人，你偏偏为难我干什么？”

刘亚诺愣了一下，后退一步，蹲在地上捡那些摔坏的包子，眼泪一滴滴落到散落在脚下的素描纸上。陈嘉鱼的心突然疼了一下。

“刘亚诺，你怎么哭了？不就是几个破包子吗？”陈嘉鱼小心翼翼地站到一边。

刘亚诺手上的动作停顿了一下，脑袋却始终没有抬起来。等收拾完毕，她把饭盒放在一张满是油彩的课桌上，背对着男生说：“陈嘉鱼，一个包子七毛钱，四个两块八，我给你打个折，你给我两块五行了。”

“你刚才不是说请我吃的吗？怎么现在又问我要钱？”

她转过脸来，恶狠狠地盯着陈嘉鱼：“可是你吃了吗？我是请你吃，又不是请你浪费。不给钱也行，除非你再也不提要我露左脸给你画的事。”

瞧她说的，陈嘉鱼心中豪情万丈：我堂堂七尺男儿，是为了区区两块五毛钱而折腰的人吗？不过，好男不跟女斗，强迫她露出左脸给自己来画，性质貌似更加恶劣……

僵持了半个小时后，陈嘉鱼终于决定妥协——遇上这样的女孩，他只能认命了。他耸耸肩，尽量表现得大度一点儿：“好吧，刘亚诺，我不难为你了，你就这样吧。”于是接下来一个星期，陈嘉鱼都老老实实地画着女孩的右脸。刘亚诺的态度倒是好了很多，每天坚持给陈嘉鱼带早餐，画像的时候，偶尔还会抬起头来一笑，露在外面的那只右眼亮晶晶的。

第二个星期，陈嘉鱼怀着死马当活马医的心态，把那幅名为《冷》的水彩画交了上去。当天下午，他特意找了蔡阿木出来吃饭，满脸悲壮地抱怨：“阿木，你可知你找的这个模特儿，把我的一世英名都给毁了？”

蔡阿木很不屑地撇了撇嘴：“你就别刻意掩饰了。其实你完全可以再找另外一个模特儿的，可是你没找，为什么呀？这说明你心里有鬼！”

三天后，陈嘉鱼才发现果然有“鬼”，而且“鬼”大了。他交上去的那幅画，竟然莫名其妙地博得了十几位评委的青睐，得了个特等奖。颁奖晚会上，评委组代表把《冷》夸成了一朵花。按他们的意思，《冷》与《蒙娜丽莎》有异曲同工之妙。并且，他们决定把那幅画挂在学校主楼的宣传栏上，展览三天。

陈嘉鱼拿着大赛组委会发的5000元奖金，站在熙攘的人群中给刘亚诺打电话。他豪气干云地拍胸脯：“刘亚诺，咱们的画得奖了。你什么时候有空啊？周末怎么样？我请你吃饭吧。你放心，绝对不吃包子。”

电话那端她干笑了两声，传来低低的一声：“陈嘉鱼……好吧，到时候，我给你看我的另一半脸。”然后就没有了声响。看样子，刘亚诺把电话挂了。不知怎的，陈嘉鱼的胸口突然一阵闷闷的。他觉得不开心了。

为爱情喝彩

那幅挂在宣传栏里的画引发了很多人的好奇心。大家都想知道，画中的那个女孩到底长什么样子。

星期三中午，阿木痛心疾首地拉住陈嘉鱼的袖子：“嘉鱼，今天又有几个同学问我刘亚诺的住处了。你知不知道啊？我打电话给她，她总是支支吾吾，不肯说。”

陈嘉鱼愣了愣，突然想起来，合作了那么多天，自己还真不知道刘亚诺住几号宿舍。他只记得她说自己是文学院的。他的心里涌起浓郁的惆怅，暗暗对自己说，周末一定要问到刘亚诺的住处——不得不承认，经过半个月的朝夕相处，他开始喜欢上那个神秘的女孩了。

虽然刘亚诺的保密工作做得很好，意想不到的事情还是发生了。周末，她来找陈嘉鱼的时候，竟然与学校的几个问题学生不期而遇。那几个男生想要看看她到底长什么样子，却被刘亚诺冷冷地拒绝了。

有个男生觉得很没面子，就强行把她的头发撩起来了。

“刘亚诺是个盲人，她原来是个盲人！”蔡阿木叫嚣着跑进宿舍时，陈嘉鱼正盯着手机屏幕等刘亚诺的电话。听到这句话，他一把揪住蔡阿木的衣领：“你说什么？”

蔡阿木无辜地眨着眼睛，说：“刘亚诺是个盲人呀。难怪她一直不肯把另外半张脸给你看。刚才他们在楼下看见了，她现在还蹲在楼道那儿哭呢……”

陈嘉鱼拼命地跑下楼去。楼道里只有几个男生站在角落里说说笑笑。陈嘉鱼追出去，路灯昏暗的光线把他的影子拉得那么长。路上的行人很多，可其中没有刘亚诺。

第二天一大早，陈嘉鱼便跑到文学院去查刘亚诺的资料。他要把她揪出来，问问她到底为什么不把真相告诉他。

小眼睛老师把花名册看了个仔细，然后对着沙发上的男生摇摇头。

陈嘉鱼蓦地站起来：“怎么可能……怎么可能没有这个人？老师，求求您再查查，她很好认的，就是那个左眼看不见的女孩……”

那位老师笑一下：“那么多人，我怎么会都认识。要不你自己看？”他把本子递过来，陈嘉鱼手忙脚乱地翻开。

第一页没有，第二页……第九页也没有——等一下，这个女孩的名字怎么这么眼熟？

陈嘉鱼摇一摇头，仔细把那个名字再看一遍。没错，上面三个字，确实是“左稀音”。

按照资料上写的地址，陈嘉鱼跑到女生宿舍楼下，大喊起来：“左稀音，我知道你是谁了！你下来好不好？”

他喊了一遍又一遍，楼上静悄悄的，兜里的电话却响了起来。男生按下接听键，那个熟悉的声音传来。

“陈嘉鱼，我想问你。”

“……”

“如果永远都只能看我的右脸，你会不会爱上我？”

“嗯！会的。”

女生沉默良久，然后轻轻地说：“谢谢你，陈嘉鱼，知道这个，就够了。”随后就挂断了电话。

当陈嘉鱼沿着梧桐树爬上楼，跳进左稀音宿舍的阳台里的时候，一群女生发出的尖叫声几乎能震破他的耳膜。他努力站稳身体，说：“左稀音，小时候我说过要帮你画一辈子像，所以我现在学的就是绘画。可是你呢，你为什么要躲着我？你也说过要给我当一辈子模特儿的。”

左稀音一直用手捂着嘴巴，眼泪盈满了美丽的右眼。

陈嘉鱼跑过去，紧紧地把女孩拥入怀中，轻轻地说：“左稀音，对不起。那么长时间以来，我竟然没有想到会是你。”

“说什么对不起，说另外三个字。”同宿舍的女生开始打趣，“快说啊，说另外三个字。”

陈嘉鱼把下巴贴在女孩的肩膀上，一字一顿地说：“左稀音，我爱你。”

掌声热烈地响起来。宿管阿姨把门敲得“当当”响，然后笑着看向陈嘉鱼：“你是想从门里走出去呢，还是想从上来的地方飞出去？”

陈嘉鱼拉起啼笑皆非的左稀音挤出人群。宿管阿姨的大巴掌轻轻地落在男生的后脑勺儿上。这一巴掌，打得陈嘉鱼那么幸福。

我们曾经有个约定

左稀音七岁那年，和大院的一帮孩子玩“抢滩登陆”的野战游戏。陈嘉鱼是司令，她是战地护士。一群男孩子在陈嘉鱼的带领下，向着一堆柴垛发起进攻。为了逼真，他们还特意安排了几个人挂彩。这时候英勇无敌的女英雄出场了，在硝烟弥漫的战场上来回奔波。

对方的孩子王是一位后勤部长的儿子，清楚地知道医护工作是战斗的重要保障，于是派了两个手下深入敌后，想要把左稀音捉回去。

小小的陈嘉鱼一着急，手中的气枪便走了火。

世界突然间静了下来。男孩眼睁睁地看着左稀音的白裙子在地上滚成了一朵花，红色的血沿着她左边的眼眶流下来。

陈嘉鱼说：“音音，你负伤了，我把你背回去。”她却不回答他，身体不停地在他怀里发抖。

一个星期后，左稀音坐在病床上，踢踢耷拉着脑袋坐在一边的陈嘉鱼，然后从嘴里拿出吃到一半的棒棒糖，递到男孩面前，说：“嘉鱼哥哥，我已经不疼了，你别哭了。你是司令，司令怎么可以哭呢？”

小男孩把棒棒糖还给左稀音，轻轻地说：“左稀音，长大后我照顾你吧。你变丑了也无所谓，我不在乎。以后要是照相馆嫌你丑，不给你照相，我就为你画一辈子像。好吗？”

左稀音的左眼再也看不见了。父亲先用鞋底打了陈嘉鱼四十三下，然后怒吼：“老子打了一辈子仗，从来都是替战友挨枪子儿。你小子倒好，打起自己的同伴来了。”

他把那顶戴了十几年的军帽从头上抓下来，使劲儿拍在桌子上：“我警告你，小子。稀音以后找不到婆家，你小子脱不了干系，你要对她的人生负责！”

小男孩挺直背从地上爬起来，说：“她找不到婆家，我娶她！”

十多年后，小男孩长成了挺拔少年。他一边慌张地往车站赶，一边给父亲打电话：“爸，您还记得左稀音吗？她回来问我要债了，现在我正拽着她往家走呢……”

电话那端传来父亲爽朗的笑声。陈嘉鱼转过身，看见左稀音正把脑袋转向车外。虽然她故意装出一副不情愿的表情，可是，他明明看见，少女的嘴角偷偷挂着如愿以偿后的一抹坏笑。

第二章 真爱告白，盼你秒回

在你的成都，我改变了口味

文/张小卉

一种味道，就是一种记忆。

1

见陈广智之前我很紧张，在寝室里拿着夹板一遍又一遍地烫着刘海儿，还用拙劣的技术化了妆。我和陈广智刚在QQ（腾讯公司开发的一款即时通信软件）上结束了50个小时没日没夜的聊天。

三天前，我们还是陌生校友，没看过彼此的照片，但当看到他的第一眼时，内心就有个声音告诉我：就是他了。几分钟后，我和他当场决定：在一起。

后来，陈广智从他的视角，还原了第一次见到我时的场景——“那晚约你去烧烤摊吃夜宵，你一串接一串地吃，头都没抬一下，还一个劲儿地说‘好吃，好吃’，我心想，你是不是没吃晚饭，有那么饿吗？”

接着，他顺口反问我，为何会轻易接受一个认识不过三天的人，我抽丝剥茧，发现我对他动心，竟是见面前一天的深夜，我们聊天时他突然说了一句："你稍等下，我有点儿饿了，出去买个烧烤。"

当时我的寝室早已锁门熄灯，一个"烧烤"，把我馋得百爪挠心，忽然有个念头在我脑袋里疯狂冒泡：他要是我男朋友就好了，至少能半夜帮我打包一份烧烤。

陈广智听完我的回答后哭笑不得："那你怎么不去找后门卖烧烤的那个小哥？包你吃个够。"我想了下，认真回答他："小哥太爱吃了，边烤边吃，我怕抢不过他。"陈广智敲了一下我的脑袋，表示从来没见过这么好吃的人。

陈广智来自江苏，那里的菜多以清淡为主，对于我这张"好吃嘴"，他并不能和我产生共鸣。

大学报到的前一天，陈广智和父亲辗转来到学校时，两人已饥肠辘辘。学校后门有条小吃街，落日余晖中，路边摊纷纷开张。父子俩一致认为路边摊是"脏乱差"的代名词，于是穿过小吃一条街，拐进一家稍显高档的川菜馆。

听说川菜以"辣"出名，两人商量着，怕初到成都肠胃不适应，便顺着菜单想找些清淡的。两人同时锁定了"水煮肉片"这道菜名——"水煮的，一定清淡又养生"。

当老板端上来那盆盖着厚厚一层花椒和辣椒、在滚烫的油中发出"吱啦吱啦"声音的肉片时，从江苏来的父子俩不由一愣，果不其然，尝了一口便被呛出眼泪。

吃完那顿饭，他当场就决定：毕业后一定不能留在成都，"这个城市实在是太不对胃口了"。

2

我和陈广智确立恋爱关系后的第一顿饭，就上演了一场关于吃的

“博弈”。

第二次见面，陈广智提出去学校附近的一家西餐厅，那是学生界的“高规格”餐厅，我听后却像个泄了气的皮球。点了一份最便宜的牛排，放在口中如同嚼蜡。

那天傍晚，陈广智让我决定晚上吃什么。我选了一家窝在墙角的路边摊吃冒菜。落座时，我明显看到陈广智环顾一下四周，露出了犹豫的神情。可是，此时冒菜的香辣味已然传到了我的鼻腔里，馋得我顾不了那么多了，便假装没看到。

陈广智问我为什么喜欢吃冒菜。“其实我爱吃火锅，可是一个人去吃火锅太尴尬了，最多吃一两个菜就饱了，冒菜多好，十多种菜全有，随时都可以感受私人火锅般的顶级待遇。”

“你要是爱吃火锅，我以后就经常陪你去吃。当然啦，我吃白味汤底，你可别嫌弃我哈。”陈广智挠着头，露出害羞的表情。对我来说，这是陈广智对我说的第一句情话。

我夹起一片藕送进嘴里，在牙齿的咬合下，渗出一丝丝甜味，配着香辣传到胃里，胸膛热乎乎的。

原来和喜欢的人一起吃饭，竟然可以这么开心。

陈广智在和我一起吃了约400顿饭之后，已经可以驾驭任意一种四川特色的辣。曾经把他伤害得很深的“水煮肉片”，后来对于他来说只能算作辣味链上的底端。

成都真正的美食，大多数是路边摊，隐藏在小巷中。张奶奶的摊儿就是我们的老窝之一。这里最开始卖的是狼牙土豆，业务壮大之后，又加了凉面、冰粉、烧烤、冒菜等。

前几年，张奶奶在摆摊的时候出过一场车祸，以至于现在的记忆力很差，我们多次光顾张奶奶的路边摊，她每次还是会忘记我的口味。

陈广智则习惯性地提醒道："张奶奶，帮她多放点儿小米辣，不要客气，直接给她拌成'超级变态辣'，土豆刚过心就捞，一定要脆。不要味精，谢谢。"

每次陈广智挺不好意思地说完这一长串的口味备注，张奶奶就笑盈盈地表示，下次一定记得。尽管如此，几年的时间里，这情景总是循环上演。

3

2011 年，陈广智大四的那个寒假，我跟他回了次徐州。陈广智的家乡饮食口味清淡，几乎没有辛辣。陈广智怕我吃不惯，就提出带我去扫荡我最爱的路边摊。老板们听说我是个"川妹子"，主动提出要在菜里加辣椒。我尝了一口，并没有吃出期待中的辣味。

陈广智的父亲希望儿子能回家发展，子承父业，在这个理由背后，还藏着那句中年男人难以开口的"儿子，爸想你了"。陈广智不愿把背井离乡的包袱丢给我，经过几个月的挣扎，在毕业之际，陈广智决定独自回家。自陈广智回家的那一刻，我仿佛失去了味觉，吃什么都觉得毫无滋味。在他回家后的第21天，我的两个闺蜜搞了场"寻味之旅"，想拖我离开这场失恋的暴风雨。

两个姑娘拉着我来到张奶奶的路边摊，张奶奶察觉到我的反常："丫头，你那个绝世好男友咋没来？""我们不在一起啦，张奶奶，他回他自己的城市啦。"我故作轻松地回答。"为什么？他对你那么好。"张奶奶握住我的手说道，"我老了，手脚也不麻利，我都让女儿帮我提前炸好三大锅的土豆，再拌好三种口味。这样来一人，舀一碗，够卖大半天。每次你男朋友来，都喊我单独给你炸一小碗，说那样才是脆土豆，才能拌出你喜欢的口味。"

"有时候我们根本没空单独弄，他还亲自切葱，个人捣蒜，等我们忙过这阵，再喊我单独给你拌。"我低着头，用竹签插了好几坨狼牙土豆，一口气吞下。土豆炸软了，在嘴里混成一大团糊糊，卡在喉咙里，眼泪噎了出来。

4

陈广智回家后，不仅戒了夜宵，连一日三餐也是能省则省。一个月的时间，陈广智瘦了15 斤。一次，陈广智半夜起床，切了一块固体火锅底料，丢在锅里，和方便面一起煮。拌着浓厚的辣味，他连吃了几口。不知道是吃得太急，还是饿太久了，胃里一阵翻滚，冲进厕所吐了起来。

陈广智按下马桶上的按钮，“哗——”，他忽然觉得一身轻松，他突然想明白了，做了一个决定。2011 年8 月底，陈广智又回到了我的城市，他对我说的第一句话是：“我回家后竟然吃不惯家乡菜了，我每天都在想成都的美食。”没等我开口，又说了句“更想你”。

我“扑哧”一下笑出声，笑着笑着，又噘着嘴开始流眼泪。从那时起，我恢复了味觉。

陈广智兑现了他的承诺，在成都找了一份工作，工作之余我们继续尝试各路美食，成都遍地都有我们的脚印。后来，我们还把路边摊文化延伸到了其他地方，我们一同去了泰国，窝在大排档前，老板比画着为我们推荐了一个泰式汤锅。当高耸的铜锅端上桌，正好挡住了我对面的陈广智，我和陈广智同时搬着小凳子挪向同一个方位，肩并着肩，挤在一起开吃。

对面街上人来人往，被太阳烤得发烫的地面，腾起热浪，扑进眼睛里，暖暖的。

流年轻轻飞过夏天

文／天使的翅向着你

也许每个女孩子都是公主，总有王子捧着水晶鞋在等待。

青春明亮起来

段小然最近做得最多的事情，就是在指甲上涂涂抹抹。她不停地试验着各种各样的颜色，不停地拉着张诗浓问来问去。

“好看吗？好看吗？”

“你都快把指甲涂成调色板了。”

“你懂什么，十七岁就该有十七岁的样子，这叫成熟。”段小然一边反驳一边继续端详指甲。

虽然张诗浓不觉得十七岁和成熟有什么关系，但她却知道，段小然之所以这样涂涂抹抹，就是因为林苏艳丽的指甲惊艳了全班同学的眼球。又或者只是因为秦朗对林苏指甲的那一句“真好看”的点评。

是不是十七岁的女孩都渴望美丽呢？张诗浓一边看着自己泛白的指甲，一边对着段小然“咯咯”地笑。过了这个夏天，也许她们就都长大了。

每次见到秦朗的时候，段小然都把自己的手翻过来，指甲朝上。可是等了好多天，秦朗都没有说一句“你的手真好看”这样的话。段小然却依然锲而不舍，她拉着张诗浓每天去音乐教室看秦朗练琴，依然在秦朗足球比赛的时候去摇旗呐喊，依然对着达芙妮专柜上的高跟鞋流口水。

是不是青春年少的时候，我们都会喜欢上一个人？是不是有了喜欢的人以后，所有的青春都会明亮起来？

每个女孩的青春里都有一个男孩的名字

“每个女孩的青春里都有一个男孩的名字”，这是段小然在一本青春杂志上看来的句子，当时还神秘兮兮地指给张诗浓看：“看看，说得多有哲理，秦朗，就是出现在我青春里的那个男孩的名字。”看着段小然信誓旦旦的表情，张诗浓“呵呵”地笑了。

秦朗是个怎样的男孩呢？也许你的学校里也有这样的少年吧。他们身材纤长，穿任何一件衣服都会让人觉得好看；他们辗转于各个大型活动，成为女生们谈论的焦点。文艺点儿说，他们是女生心目中的白马王子。秦朗就是如此，当初新生汇报演出的时候，他以一首自弹自唱的《晴天》轻易夺得了新生汇报演出的第一名。大概段小然就是从那时候开始关注他的。

那一天，张诗浓清楚地记得段小然拉着她很早就进了大礼堂，看到正在台上调试吉他的秦朗，段小然就站定了没走。

秦朗在台上唱歌的时候，追光灯斑驳在少年明亮的五官上，不知道是不是一种错觉，在唱第一句的时候，张诗浓觉得少年的眼光，那样唐突地落在了自己的身上。四周尖叫不停，散场的时候，几乎所有人哼的都是《晴天》的调子。段小然往前台挤，奈何秦朗身边此时已经被围了个水泄不通。段小然一直都不是很勇敢的女生，此时就更加怯懦了，拽着张诗浓几乎是夺路而逃。

后来，两个女生坐在礼堂外的阶梯上正讨论着秦朗，段小然大嗓门儿地嚷："我觉得那时他在看我？这是不是叫作一见钟情啊？"张诗浓不知怎样接话，只好结结实实地给了段小然一个拥抱，就在此时，好巧不巧，秦朗恰好路过，这一次她是真的看清了，秦朗的目光稳稳地落在她俩身上。

那天晚上，段小然做了一个很美的梦，秦朗拿着水晶鞋，向她一步一步地走来。而身旁的张诗浓却只是笑而不语。

小心思

那天以后，段小然就笃定地认为她和她的王子有缘分，尤其是在他们文理分科分到了一个班之后。张诗浓清清楚楚地记得那一天，他们在闷热的大礼堂等待抽签，队伍前面的秦朗和他的球友们走过去，乐呵呵地欢呼大家都分到了（7）班。身边的段小然一边念着"阿弥陀佛"，一边闭着眼睛让张诗浓去抽，当张诗浓把两个写着"（7）"的号码条摊在段小然面前，段小然一下子蹦了起来。

从此以后，段小然常常正大光明地在课堂上溜号，往左边四十五度的地方看过去。秦朗大多数时间是在脊背挺直地听课，偶尔趴在桌子上睡觉。

有时去看秦朗踢足球，穿白色衣服的秦朗很惹人注意。段小然在球场边上拽着张诗浓的手臂来回溜达。然而现实是很残酷的，并不一定站在球场边就会被砸中，至少，不一定被男主角踢过来的球砸中。当段小然第三次把砸到身上的球掷回场上时，秦朗终于跑了过来。

"今天似乎总是打到你们，站到那边看台上去吧。"只这一个微笑，段小然就什么样的疼痛都忘记了。秦朗的笑真的很好看，张诗浓都恍了神。她禁不住问自己，分班那一天自己究竟是为了什么，在过道上与那两个学生换来写着“（7）班”的签，而把原本属于她们的数字偷偷地换给了别人。

青春期的小心思，自己都不太懂。

每个人都有一点儿小秘密

那天练球结束后秦朗居然要请张诗浓和段小然吃沙冰。张诗浓本想推托，可是被段小然强拉过去。“好啦，你就当陪我吧。”张诗浓只能苦笑着跟着段小然，她不想当电灯泡，但是令人惊讶的是，电灯泡不止一个。

本来是秦朗请客，但是他的话却奇少，只有段小然讲些琐碎的笑话。从头到尾秦朗都保持着一种礼貌的微笑。段小然的眉间像是能够开出花来一样，张诗浓暗暗地用指甲掐了掐自己，继续埋头专攻自己的芒果沙冰。就在此时，林苏出现了，她艳丽的指甲亮闪闪地挥动着，就好像一盏明亮的探头灯，把段小然晃得心神不宁。

“我家就在这附近呢，怎么你们也来吃沙冰？”林苏果然健谈，白色的雪纺裙和她的小卷发就像是一个cosplay（角色扮演）的精灵少女。她的出现让气氛活跃了不少。从冷饮厅出来的时候，段小然乐得嘴都合不拢了：“秦朗请我吃冰了，话说回来，你为什么不让我去班花家参观啊？”难得林苏邀请她们，段小然可是一心想去班花家探讨如何变漂亮的秘籍。

可生活委员张诗浓知道，林苏登记在班级的家庭住址，其实远在城北的杏林路，这个小谎言还是不戳破的好。

果然，每个女孩都是有一点儿小秘密的。

谁该穿上水晶鞋呢

日子依旧一刻不停地前行着，转眼市里的学生文化节如火如荼地拉开帷幕，这是市里各学校的重要交流活动。班主任钦点秦朗他们班出演一幕叫作《情书》的舞台剧，本来是古板的说教不要早恋的故事，被张诗浓的巧手一改，顿时生动有趣多了。试演的时候，竞选女主角的人本是段小然和林苏。可是出人意料的是，秦朗和班主任都推荐了张诗浓，这是张诗浓始料不及的。大家各怀心事地排练。张诗浓摇了摇头，直说自己不行。

本就是王子和公主的舞台剧，为什么要自己来穿水晶鞋?

段小然倒是心无城府，这些天一直乐呵呵的。张诗浓听着她自言自语地说着她和秦朗的臆想故事，无奈地摇头。

公演那天，效果很好，当男主角把写着“我爱你”的情书叠成纸飞机往天空抛的时候，不仅观礼的学生，甚至领导都露出了满意的神色。

最后一句台词秦朗没有用麦克风，轻轻俯在张诗浓的耳边呢喃细语。落幕时全场掌声雷动，款款谢幕之后，忙碌了好久的伙伴们都提议去庆祝。林苏的戏份在第二幕就结束了，她迎上秦朗说了什么，沉默了半晌之后，犹豫着先走了。等到张诗浓整理了道具出来，她早就不见了踪影。张诗浓揶揄段小然说：“还不抓紧机会？等什么呢？”段小然无所谓地笑笑：“他说他已经有了喜欢的人，而且，我觉得自己好像也没有多喜欢他。”说完，她三下两下就凑到秦朗身边：“我们这么卖力地演出，你不送我们点儿什么纪念一下？”问秦朗要了一个纸飞机，大方地写下了“我曾经很喜欢你”，告诉秦朗扔出去。那原本是“情书”里的剧情，每一个爱人都是前世放飞的纸飞机，今世才飞回彼此的手里。“嘿嘿，这样下辈子，说不定你的纸飞机会飞回来呢。”段小然笑得顽皮。

最后他们的纸飞机并排从台阶上飞出去，可惜他们的纸飞机，都留在了十七岁的世界里，飞不往十八岁的天空了。

其实，她想要一个夏天

其实，张诗浓刚才真正想要的礼物是一个夏天，用一块钱一根的冰淇淋和秦朗的笑脸做清凉的微风，用段小然艳丽的指甲做颜色的点缀，用一句简简单单的“你好”来完成所有的对白。

在这个故事里，也许每个女孩子都是公主，总有王子捧着水晶鞋在等待吧，现在我们还没有到拉开大幕的时间，故事的主角还在未来等我。

临别的时候，张诗浓笑着对秦朗说：“我记得你说的话了，再见哦。”

只有张诗浓才知道吧，在她放飞的纸飞机里，是秦朗清秀的字迹。那上面固执地写着他的思念，最后呢，所有的谜题都得到了解决，所有的问题都得到了答案。

可是故事的结局呢，张诗浓想到这里笑了一下，在舞台上，秦朗俯在她的耳边说的最后一句台词是：“我们大学见！”

借你的耳朵听世界

文/应小青

时光流逝中，我们逐渐长大。

男孩和女孩，青梅竹马。

八岁那年，一场来势汹汹的重感冒让女孩持续高烧，一针青霉素打下去，烧退了，女孩却从此进入一个空旷的无声世界。

家人带她辗转在各大医院，医生都说没有康复的希望了。

正是不谙世事的年纪，女孩还不懂得听不到意味着什么，她依然单纯而快乐，因为有男孩——邻家的小哥哥总是陪她玩，处处呵护着她。

一天，男孩和女孩埋头趴在小方桌上看童话书。两位母亲闲谈，说到耳病的辛酸处，黯然长叹。男孩听到了，回头天真地插嘴说：“这有什么了不起，我把一只耳朵借给妹妹呀，不就好了吗？”两位母亲闻言，双双掩面落泪。

从小学到初中，他们一直是同桌。老师讲课时，男孩笔下生风，整齐流利的笔记让女孩感觉学习起来不再那么吃力。老师说把书翻到第几页，男孩就伸手飞快地帮她翻好。放学回家，男孩小心地陪护在女孩的外侧。

他们常常用自创的交谈方式愉快地交谈着。男孩说话时一字一顿，口型微微夸张，好让女孩看懂唇语。有一回男孩说“素描”，女孩傻了眼，疑惑地反问：“什么？树苗？”等她弄明白后，两个人指着对方，笑得直不起腰。

听不到外界嘈杂的声音，女孩心里反而分外纯净，眼神清澈。有一次，她仰起脸，认真地问他：“哥哥，为什么对我这么好？”男孩伸手揉揉她的头发，笑着一字一顿地告诉她，“因为——我要——保护——我的——天使——妹妹！”

初三，上完物理课，男孩利用电流电压知识，把女孩家的门铃改造成一盏特别的小红灯——因为有人敲门时，独自在家的女孩什么都听不到。现在，只要一按门铃，屋子里的红灯闪烁，女孩就知道有人在敲门了。为这个小发明，他们欣喜、得意了很久。

中考，男孩考上了重点高中。女孩转学，上了本市唯一的一所特殊教育学校的中专，专攻美术。此时的她，已经展现出不凡的美术天赋，父母也很希望按她的兴趣特长培养她。

高中的学习越来越紧张，有一回，已经长成俊朗少年的男孩抽空去特殊教育学校看女孩。远远地，他看见操场上，阳光下，白衣红裙、长发飘飘的女孩和聋人同学边走边比画手语，“聊”得眉飞色舞。

他皱着眉头，焦急而担忧地用唇语一遍遍地告诉女孩：“妹妹，你学会打手语但你不能不说话啊，不能因此再丧失语言表达能力。”

十六岁的女孩亭亭玉立，她定定地看着他的口型，蓦然间，脸上飞起一片火烧云，她低头笑着说：“我知道了。哥，你放心吧！”声音笨拙而甜美，让男孩好生心疼。

时光的流逝中，他们逐渐长大。

许多年里，他们就这样用特别的方式谈着，笑着，在学习路上共同前进着。有时候，即使彼此什么都不说，一个微笑，一个眼神，就有一种默契。

高考结束，男孩考取了北方一所著名的大学，女孩也考取了吉林长春特殊教育学院美术系——那是全国聋人学子心中的“清华”。

虽然天各一方，但他们用QQ、邮件和书信联系着。男孩的身边开始有许多同学成双成对地出入，也不乏美丽优秀的女孩向他暗送秋波，可他始终没有那种心跳的感觉——是的，很早很早以前，他的心就被一个天使占据了——没错，在他心里，女孩就是完美天使。

大二的圣诞节，男孩在QQ视频上真诚又勇敢地向女孩表白。女孩先是莫名惊喜，忽然间笑容僵在脸上，她关掉视频，沉默了好一会儿才打字发过来：哥，我们一直是最好的兄妹啊！而且我已经有男朋友了，是我们班的一个聋人同学。

男孩心底的痛和酸楚，化成一句淡淡的祝福：妹妹，你一定要比我幸福。

大学毕业后的男孩通过努力和实力，找到了一份收入不菲的工作。不止一次，他伤感地想，世界上，心、肝、肾甚至眼角膜都可以移植，为什么只有耳膜不可以？如果可以，他一定毫不犹豫，借一只耳朵让她听到世界的声音。

打听到有一种昂贵的电子耳蜗可以让失聪者重回有声世界，男孩兴冲冲地跑去咨询。医生摇头说：“只有发病五年内移植才有最佳效果，而像她这种失去听觉十四年的情况，安装了也没有作用的。不过，可以带妹妹来测试一下，根据听力损失情况，可以佩戴上万元的耳背式助听器。”

只要女孩和她的男友在一起能开心、幸福，他什么都愿意付出。男孩匆匆回到小城，找到女孩开的画室。在画室琳琅满目的画作中，他看见一头长发的女孩正背对着他，专心致志地画一幅油画。

他的视线被旁边的一幅巨大的油画吸引住了。以满天飞扬的七彩音符为背景，一个手捧红心的男孩黯然站在原地，而女孩一脸忧伤，双手捂住耳朵，拼命往后退。

那幅画的名字叫——《我的耳上了锁》。

一股热流涌过全身，顷刻间，男孩什么都明白了。他终于看懂了，女孩根本就没有交男友，她是怕失聪的自己会成为他的累赘呀！而他，却傻了这么久！

他想走过去轻轻蒙住女孩的眼，给她一个惊喜，又怕正在专心画画的女孩会受到突然的惊吓。他就那样站着，看着，任一幕幕美好的往事浮现在脑海……

仿佛有心电感应般，女孩缓缓回过头，惊喜交集。他含泪带笑地看着她，用他们当年常用的唇语，一字一顿地说出那三个字：“我——爱——你。”

风吹过来，全世界都变得动听起来。女孩的眼泪像散落的珍珠般，落在他的肩膀上，落在自己沙哑的声音里：“哥，你知道吗？从十六岁你来学校看我的那一年起，我就……喜欢上你了……”

“福晋”与“王爷”的爱情轻喜剧

文／壁合子

也许，早在剧本最初，我就被“王爷”俘虏成为他的“福晋”。只是我一心认为那是演戏，不肯承认自己早已假戏真做。

他成了“王爷”

认识王清阳，是我最大的烦恼。王清阳是我小学至大学的同学。

大学时作为戏剧社社长的王清阳用一个月紫记的蛋糕贿赂我演戏。戏里他是“王爷”，而我是他苦苦追来的平民“福晋”，我要与他极尽各种深情地对视，更要有琼瑶式的天崩地裂，天知道我演得多辛苦。

不仅如此，我还要念肉麻得要命的爱情宣言，而王清阳却在偷笑。我气不过，一脚踩在他脚背上，恰逢我的台词完了，他需要转过身面对观众，看他忍住痛还要装作被感动的幸福样，我内心稍稍解气了。

让我没料到的是，这出戏意外地成功，台下响起热烈的掌声，还伴着“‘王爷’，‘王爷’”的尖叫声。我傻了，而王清阳在旁边一脸笑意地鞠躬。

自戏演完的那晚开始，大家都不再叫他王清阳，而是叫他“王爷”。而我，自然就是那个“福晋”。我后悔万分，为了一个月的蛋糕，牺牲太大了。

不仅如此，事态继续上升。没出几天，学校就传出了我和王清阳是一对般配的“‘王爷’‘福晋’”，任我磨破了嘴皮说那只是场戏，也不能阻止流言疯传。

我找到王清阳，抓着他的衣领，大声抗议：“王清阳，你把我的清白都毁了，我还没谈过恋爱呢！”王清阳仰天长叹：“钱宝丫，不如你就从了我吧，好歹我也是个“王爷”啊。”

“喊。”我转身离开。走之前还不忘提醒王清阳要把这件事向校友解释清楚。当时，我正狂热地喜欢着校足球队的队长许威。

傻傻的我

王清阳果然在宣传栏上写了一纸告示，但内容却是“福晋”，老地方见，本王留。

大家都笑王清阳胆子真大，明目张胆地调情。我撕了告示，气急败坏地赶到天台，那是我与他排戏的地方。他背着手，风吹起他的头发，倒有一点儿“王爷”般的玉树临风了。

我甩甩头，暗骂自己别忘了此行的目的。可是我的鼻子比我的舌头要灵敏，闻到了蛋糕的香味。他贼笑地躲开我的进攻，非让我喊他“王爷”才肯给我蛋糕。

我不想让他得逞，抬脚走了几步，肚子却不争气地“咕咕”响。好吧，一句“王爷”换一个蛋糕，这交易也不算太坏。

但是，我错估了王清阳的奸诈，他居然录下我喊“王爷”的声音，天天在宿舍放，很快，我成了深情“福晋”，室友还说，将来我和王清阳结婚，是不是来一场清朝的婚礼。

我尖叫着抗议，室友点着我的额头骂我不知足："有那么深情的'王爷'陪着你，少嚷嚷，你不要啊，多的是人想当他的'福晋'。"我翻翻白眼，不敢继续这个话题。

王清阳在人前做足功夫，除了我，其他人都认定我和他是一对，只要我抗议，肯定惹来一帮人指责我辜负"王爷"的深情。我真是后悔万分，戏剧社社长王清阳，影响力原来那么大。我只有生闷气的份儿，王清阳拿着蛋糕讨好我，我生他的气，但不会跟美食过不去，其结果就是，我的身体像吹气球一样，迅速变圆。看着秤上的数字，我有种想撞墙的冲动，王清阳拦住我："别，胖点儿好看，我就喜欢你胖。"

我说："嘁，谁要你喜欢！"然后留给他一个背影。

许威正在踢球，一身红色的球衣，帅呆了。我迎上去，递给他一瓶可乐，他笑着拒绝："对不起，'福晋'，我不喝可乐。"

我沮丧地绕着操场走了好几圈，路过小卖部时，却发现许威买了瓶可乐。我顿时明白，他不是不喝可乐，只是不喝我买的。都是那讨厌的王清阳！我决定与王清阳绝交。

冤家路窄

毕业后，我找到了工作，换了号码，也没告诉王清阳。就在我往职场"白骨精"奋斗时，王清阳那张贼笑的脸，却出现在我面前。

我捶了捶他的胸，又拉拉他的脸，确定那是货真价实的人。但我没有丝毫重逢的喜悦，因为，公司传遍了关于我和王清阳"'王爷'和'福晋'"的事。我费尽心机想摆脱的"福晋"称号，还是功亏一篑。

王清阳皱着眉头看我裹着职业装的身体，他说："本王喜欢你胖一些，快给本王胖回来。"

我恨不得扑上前抽死他。但他拿出蛋糕在我面前晃啊晃，惹得我不停吞口水。他又使出原来的手段，让我喊他一句“王爷”就让我吃蛋糕。

还当我是学校里那个傻丫头呢。就在我张口想骂他时，王清阳却用勺子将蛋糕塞进我嘴里，还笑眯眯地问我：“‘福晋’，好吃吗？慢慢吃，别急，没人跟你抢。”这场景恰巧被同事看见，马上传了出去。

而这时，我已经跟许威联系上了，他留校任教。每天我给他打一个问候电话，也解释清楚了，我与王清阳只是流言。凭直觉，他对我也有好感。所以，我做了个决定。我对王清阳说：“我要跟你绝交，抗议无效！”

沉默了一会儿，他说：“‘福晋’，你这是要休了本王吗？”这回，换我愣住了。以前，也说过“绝交”之类的话，但每次，王清阳都会糊弄过去，从不当真。我的声音卡在喉咙，傻傻地看着他离去，留下一个忧伤的背影。

再有同事喊我“福晋”的时候，王清阳就会上前解释：“她是钱宝丫，不是‘福晋’。”

同事看看我俩，一脸莫名其妙，把我拉到一边问是怎么回事。

我勉强挤出一个微笑：“那只是个玩笑，我和他不是恋人。”

同事可惜地叹气：“‘王爷’是个好男人。”

我沉默着，其实我又何尝不知道他是好男人，只是一直以来，我习惯在他面前嚣张跋扈，习惯像个女王一样骄傲，所以拉不下脸跟他说一句“那只不过是句玩笑”。而且，我心有所属。

他不再来缠着我，我们就像普通的同事，除了公事，没有过多的交集。

我的初恋梦碎了

有一天吃午饭时，同事向我投来同情的眼神，我一头雾水，心里七上八下：不会是这段时间心神不宁，工作出了什么纰漏，老总要找我麻烦吧？但很快我就明白了那个眼神的意思。

公司对面的餐馆，王清阳和一位美女坐在一起，他殷勤地拉椅子，点菜时询问她的意见。

不知怎的，那画面刺痛了我的眼睛。

我和王清阳一起吃饭，他总是慢吞吞地走在我后面，点餐时，不会将菜单给我看，径自做主，我埋怨没有人权，他搬出的道理一套套："本王还没说你先上桌没规矩呢。"那顿饭，味同嚼蜡。

既然王清阳的动作那么快，那我也不能落后，我给许威打了电话，约他晚上吃西餐。他答应了。许威还是像上学时那样高大英俊，看着他向我走来的身影，我的心口怦怦乱跳。这是我和他的第一次约会。

我殷勤地给他拉椅子、倒水，他心安理得地享受这一切。最后，他说："追我的人很多，你是其中一个，我可以尝试跟你交往，可是，也会同时跟别人交往，你介意吗？"我蒙了，心里像是有破裂的声音。这就是我暗恋了四年的那个人吗？

他挑着两条英俊的眉毛，嘴角挂着似有似无的微笑，看着我。凭什么？我突然站起来朝他说道："对不起，我从来不会做某人的几分之一，我先走了。"转身的那一刻，我突然想起了王清阳。可是，他已经是别人的了。

还是做福晋好

同事突然说："钱宝丫，还减肥呢，你都快赶上赵飞燕的风范了。"可事实是，我没有减肥，只是身体不受控制地瘦下去了。

王清阳不知道什么时候站到我身后。夜风将他的头发吹起，又让我想起那年在教学楼的天台，有“王爷”般的玉树临风。

“钱宝丫，我有话对你说。”王清阳表情是鲜有的正经。

我将哽在喉咙里的苦涩咽下去，看着他，脸上很平静，心里却已经兵荒马乱了：他要跟我说什么？是不是要发结婚请帖给我？王清阳突然掐了我的腰一把，我自小就受不了痒，他一碰我，我就忍不住笑出来。

王清阳又变戏法似的变出蛋糕：“吃，养胖点儿。”我这个标准的吃货，第一次在美食面前没有食指大动，我们就这样静静地对峙。

最后他先沉不住气：“‘福晋’，能不能把休书收回去？”

我愣了半秒，确定我没有听错，也没有看错他的表情。于是骄傲地重回到了我的小宇宙，跟王清阳算起总账来：“那个美女是怎么回事？你替她拉椅子，还将点菜权给她！”

“她是我表妹，来这边，家里人让我照顾她。你每次去吃饭都像饿鬼投胎，哪里轮得到我发扬绅士精神，不让你点菜是因为你的认知里就没有‘营养’这个概念！”

我被反驳得无处可逃，很委屈。王清阳小心翼翼地问：“休书可以撕了吗？”这段时间的冷战，于他，于我，都是一种凌迟般的折磨。

于是，我猛点头，王清阳如释负重：“‘王爷’和‘福晋’终于幸福地生活在了一起。”

我疑惑地抬头：“人家是王子和公主从此幸福地生活在一起，你乱改干吗？”

我的“王爷”特帅气地甩甩头：“本王的剧本，本王做主。”

也许，早在剧本最初，我就被“王爷”俘虏成为他的“福晋”。只是我一心认为那是演戏，不肯承认自己早已假戏真做，更被戏外的风景所吸引，看不到眼前的爱。

我的爱丢了祖国的脸

文／陈小愚

我最害怕的，不是对他表白，而是害怕失去他，害怕失去一次，就失去一辈子。

不冷的冷笑话

江小潮有一双漂亮的眼睛，在视频里柔情似水，除了那双眼睛，他毫无看点。

他问我，如果眼镜男蛇与眼镜女蛇接吻，会不会相互毒死对方？刺猬之间要怎么拥抱，会不会被戳得浑身窟窿？黄鼠狼夫妇要一辈子戴口罩生活吗？

讲很不冷的冷笑话是江小潮拿手的，他很会安慰人，他说人类越进化越孤单。那是在我父母离婚后，我第一次发自内心笑出声。

我承认，除了江小潮，没有第二个人能在两分钟内用冷笑话逗我开心。

北京时间22点，地球另一边的温哥华，太阳刚刚冒出地平线。“裸奔刺猬”是江小潮的昵称，为了配合他，我把MSN Messenger（是微软发布的一款即时消息软件）昵称直接改成“仙人球”。

该怎么描述我和江小潮的关系？我们相识至今12年，12年，时光埋葬过多少青春的故事。

我永远也不会忘记第一次遇见那天，江小潮一路跟在我身后走过了两条街，被我当成跟踪狂。可最后，他快步跑上来，在我尖叫之前，带着一种世界末日的惊慌神色对我说：“同学，你的裤子染上了红色！”

我发育早，10岁以前又没有上过生理卫生课，我当场就吓哭了。而比我大一岁的江小潮，他把自己的校服外套脱下来，让我披在后面，然后带我去了医院，最后医生和护士们都乐坏了。

越长大越孤单

后来，我们才发现原来我们离得那么近，上同一所小学，住同一个小区。于是，在不分性别的孩童时代，我们迅速成为好朋友。

就像江小潮说的，人越长大越孤单，江小潮的孤单表现在他追女生的彪悍事迹上。而我是见证者。

江小潮15岁时候喜欢上一个艺校的女孩子，然后为了接近女孩，故意骑自行车撞了女孩一下。狗血的情节，是我们里应外合的结果。可江小潮还是把那个女孩撞重了，差点儿把人家撞成残废，江小潮的父母为此整天追着女孩的家人又是道歉又是赔钱。

这事让江小潮老实了一阵，不敢再接近女孩。

江小潮后来又喜欢上我的同桌，遭到拒绝后我还要负责安慰。

只敢在你面前哭

当然，江小潮也见证了我的哭史。

我的父母自我有记忆以来干得最多的一件事就是吵架。不知道从什么时候起，每次他们吵架，我都去找江小潮，哭得天昏地暗。哭完之后他带我去吃冰，冰店老板的女儿总是给我们多加一点儿。

同样是15岁那年，我被社会上的小混混缠上了，他们开着摩托车在巷口堵我，一群人开我的玩笑，我每次都很没出息地哭。带头的还在我上课时到学校围墙外面叫我的名字，不是一个声音，而是一群闹哄哄的刺耳的声音。

我因此被叫进办公室，出来时江小潮在走廊等我。他歪着脑袋，把手插在裤袋里，等着我报告。

“老师说我影响大家上课，叫我回家解决好社会问题再来。”我哭哭啼啼地说。

“别哭了，你只会哭，烦不烦啊！”江小潮第一次说我烦，我哭得更大声了。

没过多久，那群人奇迹般地再也没找过我。很久之后我才知道，原来江小潮以每人一百元雇了几个人，把那群小混混都揍了一顿。

后来有一天，江小潮带着那个冰店老板的女儿出现在我面前，直到那时，我才突然发现，江小潮已经不再是原来那个小胖子，他变瘦了，变得耐看了。我以为是我的审美出了问题。

“你和她玩吧，以后再也不要来找我了。”我赌气对江小潮说。

“你喜欢我就说啊，干吗生气啊？”江小潮开玩笑。

“谁喜欢你啊？也不照照镜子！”我是认真的，可江小潮就真的没再找过我。

因为怕失去

整整一年，我没有和江小潮说话，即使他后来和冰店老板的女儿不一起玩了，我们还是赌气不和对方说一句话。

高二的夏令营，全年级一起去河边烧烤，江小潮和几个同学去游泳，一头扎到水底，撞上了岩石。被送往医院的途中，江小潮在救护车上叫我的名字，他的额头还冒着血，他对我说：“蒋家月，我就要死了，你还不肯和我说句话吗？”

“你闭嘴！你要敢死，就真的别想我跟你说一句话！”我吼他。

其实我的话里有语病，只是江小潮那傻瓜没听出来。我真怕他死，在他面前又哭得稀里哗啦。半个月后他就活蹦乱跳跑到我面前说：“你可真狠心，直到我要死了才肯和我说话。”

“你现在不是好好活着吗？”我说着，跳上去打他。

我们恢复了多年友好的关系，我们考了同一所大学；一起去图书馆看书，一起出门觅食，一起骑着自行车满大街晃荡。大家都觉得我们是交往了，大家都不相信我们只是好朋友。

为了向大家证实我和江小潮真的是好朋友的关系，我答应了一个长期以来对我穷追不舍的学长。我把学长带到江小潮面前，就像他当初带着冰店老板的女儿到我面前一样。江小潮很开心，我很失望。

半年后，江小潮出国了。直到出国前一个月他才跟我提起此事。我火冒三丈，装作很镇定的样子开他玩笑：“就你长这样还出国，别给国人丢脸了。”

其实此时江小潮已经出落成美少年，他牛头不对马嘴地说：“学长对你那么好，你也好好对人家。”我从来没有见过他那样认真的表情，那一刻，我真想哭，可是眼泪始终没有掉下来。

祝你遇到更好的人

江小潮就那么去了加拿大，我们依然保持联系。

他在网上抱怨，冬天冷啊，冷得他都长毛了。他把一张毛发浓密的手臂特写图片发给我看，我吓了一跳，问他是不是被冻得基因变异了。他在那头哈哈大笑说：“你怎么那么好骗？那是我室友的手。”

在加拿大读书的江小潮死性不改，或许是种族审美的差异性，他说很多外国妞喜欢他。我在Facebook（脸书）上看着他和外国妞滑雪、拥抱、摔跤，秀各种刺眼的恩爱。

于是我短路了，我把我和学长的合照发到Facebook上。我只想给江小潮一个还击，我以为最多玩个人人网的学长这辈子都不会发现这张合照，可他还是在Facebook那张合照下面给我留了言：分手了，照片你就删了吧，祝你遇到更好的人。

我真想在照片下面大喊："说什么风凉话？是我甩了你好不好！"可还没来得及，江小潮就留言了，他保持队形，在下面写道：照片你就删了吧，祝你遇到更好的人。

这大概是我做过的最蠢的一件事。一夜之间，那张照片出名了，每个人都在照片后面保持队形地留言：

祝你遇到更好的人，good luck（好运）。

祝你遇到更好的人，问世间情为何物，直教人生死相许。

祝你遇到更好的人，阿弥陀佛。

我真是丢了祖国的脸，我发誓再也不上Facebook，可是这样一来，我就再不能偷窥江小潮了。只是，就这样吧，我累了，我喜欢江小潮那么多年，心甘情愿做他的小跟班，心甘情愿帮他追女生，我是傻瓜吗？我最害怕的，不是对他表白，而是害怕失去他，害怕失去一次，就失去一辈子。但现在，我发现这样和他做一辈子好朋友，太痛苦了。

早就遇到更好的人了

正当我决心告别，江小潮破天荒给我打了国际长途。他说："你去看看你的Facebook。"

我没有理他，两天后江小潮又给我打越洋长途："你去看看你的Facebook啊。"发誓再不上Facebook的我，两个月后又上去了。我怎么也没想到，主页上全是送给我和江小潮的祝福。

我和江小潮互相暗恋的事被公开了，起因是Facebook上那个暗恋功能。我想起来，我曾经偷偷把江小潮的名字写到上面，以为不会有人知道，我没料到江小潮也发现了那个暗恋功能，他也把我的名字写进了名单里。江小潮的电话又打了过来，他这三天给我打的电话多过这三年。我听到他的声音，忍不住哭了，没有声音，眼泪滂沱。

“蒋家月，你怎么哭了？”江小潮在那头问。

“没有。”

“少来！哭什么，你早就遇到了更好的人，这个人就是我”——他把“我”字故意拖得很长，他还是这么“不要脸”，可是这一次，我很中意。

以第十根手指的名义陪你到老

文/微酸袅袅

为了弥补，他将自己打扮成欢雪的第十根手指，时至今日他反而越发分不清楚，究竟谁才是谁的手指，不知道，究竟是谁离不开谁。

缺失的一角

欢雪九岁的时候有一枚925银的雕花戒指。九岁的欢雪，还有一双灵巧的小手，手指白皙而纤细。

那一年的天总是蓝得发白，惨白的白，云朵都厚重得似乎要掉下来。欢雪在一个午后看见戒指滑落，在地上转了几个圈，从此消失不见。她的眼前有大片大片暗红色的水，打湿了地面。围观的人很多，都散着同情哀悼的目光。欢雪就那样躺着，听见尖叫，看着妈妈呼天抢地然后昏过去，旁边有个男孩，垂首站着，握紧了拳头。

这场景一直困扰着欢雪，十年来在她的梦里不断重复，提醒着欢雪在醒来的第一刻，去看自己还剩四根手指的右手。

欢雪不能再戴尾戒了，事情全由男孩庄生而起。

那会儿，庄生住在欢雪的楼下。欢雪是好动的女孩子，老爱穿着拖鞋跳舞，把地板踏得“砰砰”响。庄生不满，警告她，欢雪却觉得庄生的态度有些恶劣。毕竟是孩子，谁都棱角尖锐锋芒难藏。

于是，庄生家的阳台经常出现不明飞行物，诸如橙子皮、碎纸片一类，纷纷扬扬；有时甚至晾在绳子上的衣服，也会被欢雪浇花的水淋湿。

当然，庄生也不会忍气吞声，他同样想出各种法子来捉弄欢雪。恶作剧的最后一次，就是庄生假意夸赞欢雪的戒指好漂亮。欢雪自得，于是庄生说想拿过来看看的时候，她毫不犹豫就递给了他。

戒指一到庄生手里，他的表情就换了个样，欢雪隐约觉得不对劲，可是还来不及讨回，戒指就被庄生狠狠地扔了出去，从七楼直线下坠。欢雪揪着庄生喊，你给我把戒指捡回来！庄生哪里肯，关上门，留欢雪独自在楼道里抹眼泪。

庄生怎么也不会想到，就是他的恶作剧，让下楼找戒指的欢雪，被一个醉汉的摩托车撞倒。身上多处淤伤，小腿严重骨折，治好了，愈合了，但那根被车轮生生碾断的右手小指，欢雪却再也补不回来。

十指连心，欢雪不知道以后她的心是不是也缺了一个角，她变得不再爱笑了，像古代的倾国美女褒姒一样，极少笑。

而庄生也始终被欢雪车祸的阴影缠绕，噩梦连连。白日里碰见欢雪，看着她空洞得要命的眼神，庄生一阵揪心。他决定，对欢雪尽可能地好，弥补自己的亏欠。

究竟是谁离不开谁

初中，高中，庄生都和欢雪同班，他想如果欢雪是受伤的花蕾，他就要扛着武器站在她身边，守护她。毕业那年，庄生偷看了欢雪的志愿表，填了跟她相同的学校，只是欢雪念中文，庄生学外语。

欢雪看着庄生像一尾活蹦乱跳的泥鳅，挤在狭窄的火车厢里给自己挪行李、端水、泡面，一时间有暖意从四周包围过来。

九岁到十九岁，庄生几乎就是她的影子：她有困难了，庄生会出手相助；她悲伤起来，庄生就是开心果解语花。欢雪还记得初一那年的冬天，庄生送她一副毛线手套，粉色的，绣着很乖巧的草莓图案。她戴进右手的时候，尾指虽然是空的，但她反复地看，渐渐就觉得她丢失的小手指又回来了，她开心得就快哭起来。

以后，每年冬天欢雪都能收到庄生送的手套，戴起来暖暖的，心里也不是没有感激。可一旦摘下手套，看见自己残缺的手指，欢雪还是免不了难过。她的豆蔻年华，便这样在忽来忽去的惆怅中度过，而陪她一同惆怅的，还有“罪人”庄生。

大学的四季，春夏秋冬全是恋爱的好光景。欢雪遇上一个叫柏景的男生，脸红心热。他约她吃饭，是冬天，她戴着庄生买给她的绒线手套，连拿筷子的时候也不敢脱掉。

柏景说：“你把手套摘了吧，这样不方便。”欢雪摇头，拼命咽着委屈。天知道她有多痛惜自己失掉的手指，尤其是在自己喜欢的人面前，她觉得她的难堪甚至变得丑陋狰狞，她多怕柏景笑话她，或者嫌弃她而不跟她交往，想着想着竟然抽噎起来。

柏景茫然，不知所措，正巧庄生端着饭盒经过，便以为是他欺负了欢雪，一个箭步冲上来，拉着欢雪说：“别跟这种道貌岸然的家伙在一起。”柏景说：“你误会了。”庄生将拳头亮出来，他说：“欢雪虽然少了一根手指，但她不比任何人差，你没有资格嘲笑她。”

欢雪虽然清楚，就算今天庄生不说，柏景迟早也要知道。但她觉得那一刻庄生将她的缺陷暴露在大庭广众之下，周围那些惊奇的目光全像匕首一样扎进她的皮肤，再看柏景，神色那样仓皇，似乎是被自己这种九根手指的怪物吓倒了。欢雪的怒气涌上来，挥给庄生一记响亮的耳光。

然后，她说庄生是她的噩梦，说他阴魂不散，说自己不需要任何怜悯，说她再也不想看到易庄生。很多绝情的恶毒的话，像冰雹一样噼里啪啦砸向庄生，砸坏了庄生这些年来所有的努力。

庄生难过了，沮丧了，喝烧心的烈酒，喝醉了。欢雪和柏景在一起了。他觉得肩上的担子豁然就卸下了。可他也觉得同时被卸下的，还有身体的某个部分，就像欢雪那样被碾断的手指。

长久以来，为了弥补，他将自己打扮成欢雪的第十根手指，时至今日他反而越发分不清楚，究竟谁才是谁的手指，不知道，究竟是谁离不开谁。

总是要等到失去以后

欢雪和柏景到“钱柜”唱歌，听他唱品冠的《陪你一起老》：当爱不能同情，当爱不能哭，留在心里那一点点的恨还真苦，没有人能做主，没有人服输，爱情的蛮横和残酷无处申诉，谁不贪图那多一点儿的在乎……

回去的路上，柏景走在欢雪的右边，汽车一辆接一辆地过去，刺眼的灯光打在欢雪惨白的脸上。她其实很害怕。

九岁以后，欢雪对马路有了恐惧，一直都是庄生陪着她。上学放学，庄生都让欢雪走马路或者人行道的内侧，将她与呼啸而过的汽车隔开。

但那个晚上，柏景昂首阔步，欢雪有时甚至会落后他两三米。这让欢雪不得不想起庄生，怎么抹也抹不掉。

自从庄生被欢雪骂走，她就很少在学校里碰见他。那时欢雪才知道，这么一块不大不小的地方，要想频繁地遇上某个人，庄生其实是需要花很多心思的。欢雪感觉自己的心，正在被一种怀念的情绪慢慢浸染，她变得犹豫，思绪恍惚，心神不宁。

柏景也能察觉，于是渐渐有了抱怨。一次两次还好，抱怨得多了，欢雪也开始抱怨他了，甚至到后来成了两个人专挑对方的缺点来数落。有一次，欢雪气急了提出分手，柏景似乎舍不得，态度软下来。欢雪含泪，举着她铮铮的四根手指："半年了，你从来没有牵过我的右手，为什么？"柏景哑了口，欢雪揶揄地笑，那天以后，他们就算正式分了手。

欢雪去找庄生，在此之前她挣扎过好些日子，连去的路上都在跟自己说，与庄生既是老乡又是同学，还做了这么多年的邻居，总不能就此断了联系吧。手抚在心口，觉得胸腔里"扑通扑通"闹得厉害。

到男生宿舍楼下，欢雪掏出手机，按到第十个数字，正巧看见庄生从楼里出来。一个穿白裙的女孩，乌黑直发，兴冲冲跑上前去，然后与庄生并肩走了。

看到这一幕，欢雪有点儿难过，当庄生拉起女孩的手，她的难过倏忽就转变成六月晴天的闪电。眼睛被太阳晒出汗水来，欢雪终于承认，她爱上庄生，愿赌服输。

以第十根手指的名义

我只是难过不能陪你一起老，再也没有机会看到你的笑，记住你的好，却让痛苦更翻搅，回忆在心里绕啊绕，我多么想逃。我只是难过不能陪你一起老，每天都能够看到你的笑，少了个依靠，伤心没人可以抱，眼泪擦都擦不掉……

品冠的这首歌，欢雪总要听湿了眼眶。她后来与庄生已经很少再遇见。一次是在肯德基，很尴尬地相互望一眼，当成路人，擦肩而过。彼此身边都有人陪。一次是在学校的广场，体能测试，欢雪摔倒了，庄生去扶她。面对面地站着，欢雪说"谢谢"，庄生说"不客气"，再没有第三句话。

其实两个人的手机里一直存着对方的号码，就是谁也没有去拨动它。一年一年，几乎就要锈掉。

大四毕业，离校那天有男生主动请缨，为欢雪搬运行李。欢雪回忆起四年前，她和庄生挤在火车上，庄生对她的照顾，好像她就是他相依为命的亲人，而她，却始终不曾给他好脸色。她哭了，哭得天地都黯然失色。

男生掏纸巾给欢雪抹眼泪，扶着她颤抖的肩膀。欢雪抬起头，问他："爱一个人，是否应该说出来？"

男生的眼睛变得明亮，眨巴着，像装满闪烁的星星。他点头，满脸守得云开见月明的表情，等着欢雪说下文。

谁知欢雪含泪带笑地推开他，说："你回去吧，不用送我了。"男生的脸上霎时就蒙了一层冰，发愣地盯着欢雪，牵扯了好一阵子，终于知道自己没戏唱，悻悻地离开了。

欢雪掏出手机，耳热心跳。她给庄生打电话，刚一接通，就听见旁边的林子里也传来铃声，并且是品冠的《陪你一起老》。欢雪循声望过去，她几乎不敢相信，从树林里走出来，高举着手机的人，赫然就是易庄生。

原来，庄生也是想来给欢雪送行的。但看见欢雪旁边的男生，他几乎就要像从前欢雪看见他那样，默默地躲在暗处远远观望，然后，以为彼此缘尽，怅恨地离开。幸好，他的手机唱响了。

庄生用一种浓得化不开的眼神盯着欢雪，问："你肯让我继续做你的第十根手指吗？"柏景之后，他总是看见欢雪身边有不同的男生陪伴，这句话，梦里说了千遍，却只字未敢向欢雪透露。如今毕业了，所谓"火烧到眉毛"，庄生只怕再不说，就永远失去了机会。他不知，欢雪身边的男生，就同他身边的女孩一样，谁也摘不走他们为对方保留的那顶桂冠。

欢雪高举起她的右手，灿烂如夏花。"是的，庄生，我特许你，以第十根手指的名义，陪我到老。"

公子羽扇纶巾，赠我桃花一片

文/龟心似贱

有时候，喜欢一个人，也可以用慢条斯理的方式。因为，他们还年轻，有的是时间，去编织那些青春里美好又温馨的故事。

1

“飞飞姐！”未见其人先闻其声，从称谓上分析，晨飞已经知道来人是谁。果然，刚把头抬起来，视线里立刻挤进来一张大号特写的脸。距离近得差点儿贴到晨飞的脸上，不过说真的，段奕的皮肤还真是好，白皙健康。此刻，这张脸正在对着她微笑。晨飞对于段奕明目张胆的示好不为所动，合上书本，冷冷地道：“有话快说！”

此言一出，犹如一盆冷水，从段奕头顶浇了下来。不过，他还是保持镇定，强颜欢笑：“飞飞姐，下午化学实验课，跟我一组吧！”

哼，就知道某人狼子野心。晨飞撇撇嘴，没有立刻答应。段奕就一个上午都在鞍前马后、无微不至、殷勤至极，“飞飞姐”叫得全班鄙视也毫不在意。晨飞乐得享受太后级待遇，直至实验课前的最后一秒才点点头，冲他说了句：“好吧，便宜你了。”于是，全年组化学成绩最好的女生，再一次选了个拉后腿的搭档。

实话说，初识之时，晨飞对段奕，还真有过那么一段痴心妄想。那是刚开学的时候，老师点名，喊到“段奕”的时候，她一瞬耳误，听成了“段誉”。段誉，金庸笔下那个青衫磊落、潇洒痴情的大理镇南王世子？晨飞激动不已，转身回头，看到了一个明净温朗的男孩，顿时豁然开朗。错觉！事后她才知道，一切都是错觉！不仅名字被听错了，他的性格也聒噪得要命！整日嬉皮笑脸！他就是个披着段誉外衣的“韦小宝”！可是，他……他稀里糊涂地就成了她弟弟！高她整整一个头的弟弟，没事会塞一堆零食给她的弟弟。

2

实验室里，按照惯例，忙碌着做实验的是晨飞，忙碌着跟周围人等闲扯的是段奕。当然，他还不至于太过分，偶尔会凑过来，剥开一颗金丝猴奶糖，一不留神塞到晨飞的嘴里。

什么叫糖衣炮弹？晨飞想，这就是炮弹啊！一不留神，手里一抖，某个实验材料掉进了烧瓶，忽然有了反应。烧瓶即将爆炸，晨飞下意识地捂住了脸……爆炸范围不大，晨飞举起胳膊挡住了脸，烧瓶的玻璃碎片飞溅，老师和同学们已经帮忙把她跟段奕身上看得见的碎片都取了下来。可是，晨飞死活不肯拿掉脸上的胳膊，她死死地护住，抽噎着说：“我会不会毁容啊……”

大家纷纷劝着，她把脸保护得很好，肯定不会毁容的。可是，说了半天，晨飞依然不肯拿下来。最后，段奕大声吼了一句：“毁容就毁容呗，大不了我娶你！”

全班肃穆。晨飞的胳膊晃了晃，从脸上拿了下来。班级里不乏对段奕有好感的女生，看着晨飞完好无损的脸，深深松了口气。

段奕笑着，把手藏在了身后。爆炸发生时，他第一反应是伸手挡住晨飞，此刻手掌疼得揪心，但心里是异常快乐的，晨飞没事。而那不假思索伸出手的那一刻，他为自己喜欢黏着这个女孩的行为，找到了更具体的原因。

3

班里来了个转校生，让全班男生眼睛发亮。那女孩乖巧干净，站在讲台上，明媚动人。班级里有个规矩，每个同学都要把一系列诸如星座、爱好、联系方式登记入册。

生活委员把册子交给新同学填写，当天晚上，册子信息便流通出去。只是，因为QQ号的信息是根据座次表填写的，新同学恰好坐在晨飞前面，于是……当天晚上，晨飞的系统消息显示有很多。班里那些男生，就这样加错了人。

晨飞看见段奕在线，便忍不住跑去倾诉，并把事情始末跟段奕描述了一遍。当然，她毫不客气地在叙述时，见缝插针地吐槽段奕。但凡是叙述人称涉及“某个男生”，都被她换成“你们男生。”

段奕听完，立刻跟晨飞同仇敌忾：“嗯，飞飞姐，你说得对，他们男生真肤浅！”接着辩白：“我跟他们可不一样，我就没加新同学。我的QQ里，咱们班的女生只有你一个！”晨飞忽然心花怒放了一小下。

4

QQ误加事件很快过去。晨飞没工夫生那帮男生的气，她忙着呢。最近加入了cosplay社团，却不是当演员，她的喜好是写脚本提纲。

创作的时候，头脑里老是蹦出段奕的模样，不知道他要是做古装扮相，与古装剧里的男主角浑然天成的古典气息，有没有点儿相似。女主角嘛……看了看前座的新同学，长那么漂亮，邪恶的念头让晨飞把她写成遭人唾弃的女二号！至于女一，哈哈，幻想成自己！反正她是编剧，她想怎么编就怎么编！故事在极度自我陶醉中完成。

交到导演手里的时候，顺便推荐了段奕演男主角。不过，跟帅哥对戏这种事还是算了吧。她从来不想做众人眼中的焦点，特别是那种被人用挑剔的目光评头论足的焦点。

5

尽管之前在脑海里勾勒出段奕各种风格唯美的古装扮相，但当他真正被定妆亮相的时候，还是让晨飞眼前一亮。果真是青衫磊落、潇洒痴情……羽扇纶巾的模样！她眼睛痴痴地一路追随着款款侠气的段奕。直到最后拍照结束，段奕走过来，她才有些回过神。

段奕看着她那几乎要流出口水的样子，昂首挺胸地说："怎么样，帅吧！"唉，一张嘴就露馅。晨飞弱弱地叹了口气。

知道自己不是她梦想中的那盘菜。可是，有什么关系呢？谁不知道梦想与现实是有差距的？但是，也没差好多，他不是一样帅气逼人？段奕为自己下了一个独到的见解而欣慰。

他是从什么时候开始喜欢她的呢？就是点名那天，他被叫了名字，轻声作答，却见一个女孩回过头来，目光里流露出不可思议的向往。那眼神很生动，带着一种说不出来的期盼。那一瞬间，周围的一切仿佛都黯淡下来，只有她的身影，亮得刺眼。他有种错觉，她看的并不是他，而是一个精彩纷呈的梦境。后来对她就多了关注，慢慢发现，她的生活，纯真得像一个童话。

他喜欢叫她"姐姐"，是要让她知道，在他心底，她跟别的女生是不同的。除了她，他再不叫任何人"姐姐"。有时候，喜欢一个人，也可以用慢条斯理的方式。因为，他们还年轻，有的是时间，去编织那些青春里美好又温馨的故事。

初恋是一场小概率事故

文／燕子坞主人

人世间的一切不圆满，都能在电影里花好月圆。

我的中学时光，已是20世纪90年代的陈年往事。

那是一所纯洁得像修道院的名校，学生都很乖，社交网络还没有普及，打电话到异性同学家，不是被对方父亲的雄壮嗓音吓得肝儿颤，就是被对方母亲一番盘问，哑口无言。那时的女生普遍患有“爱情恐惧症”，主要症状是一旦有男生跳出来表白，转头立刻报告老师。那时的男生普遍患有“爱情痴呆症”，即使心里藏着一团火，表面上也波澜不惊……因此，校园里一派男女同学“相敬如宾”的和谐景象，也就不足为奇了。

初中时，初恋是极小概率的事故。最爆炸性的新闻，也不过是某女生因被老师“调离”原先的男同桌而大哭一场。像我这种木讷的人，顶多在课堂上不时地回头和后排的女生交换一下看法。

到了高中，当初那个经常和我交换看法的女生，开始给我写信。几句话的事，却要麻烦邮递员叔叔在城里绕一圈。信里无非谈一些读书感想，我也投桃报李，回以读书心得。从此你来我往，信里高山流水，见面会心一笑。高三时，她的作文在市里得了奖，用奖金买了一条巧克力，让一个男生给我送来。我接过来转身欲走，那男生叫住我，说巧克力要分他一半，那是她答应的跑腿费。于是我们两个各自啃着半截巧克力回教室上课。前一段时间，我遇见那女生，她告诉我，送巧克力的那天，是2月14日……

中学六年里，我以为“恋爱”是与我无关的名词，不料一出暗恋，却在最不恰当的时候，汹涌而至。

在长达将近六年的时间里，她都是我眼里的浮云，戴着知青式的眼镜，衣服总要扣得顶到下巴，头发乱、皮肤黑，就像《初恋那件小事》电影里那个丑小鸭女孩。她是团支书，平时说话一本正经；我是捣蛋鬼，跟她怄气是我的强项。

高考前一天，全班去看考场。那天，她戴了隐形眼镜，穿了件雪白的T恤，下面是牛仔短裤，一双腿白皙修长……在初夏的阳光里，她就像一只天鹅。她看到我，浅浅一笑，说了句“加油”。

我浑然不知自己应了什么，只知道那一瞬间我爱上了她。第二天，我心猿意马上了考场，眼前试卷满是她的模样。结果发挥失常，我只能在本地上所二流大学，而她去了北京。

不记得给她写的第一封信里，短短几行字都说了什么，我能提起笔，已是莫大的勇气。没想到她却回了满满的三大张，倾诉着独在异乡的孤独，仿佛我是她多年的蓝颜知己。于是三年间，驿寄梅花，鱼传尺素，而真到了寒暑假见面，我和她反而淡淡的，无甚话说，仿佛该说的，都在信里说了。我泡在图书馆里，搜罗了最含蓄的词句，表达着一缕气若游丝的爱意，既希望她明白，又怕她觉察。她则像得了

“爱情痴呆后遗症”，懵然没有回应。

一切结束在第三年，结束在她信里的那句“我遇到生命中的他”，结束在那三大本“信”的灰烬里……多年后，我才在网上嗫嚅地问她当年的事，她惊诧地说：“我都不知道你喜欢过我！为什么那时不说？”我无语凝噎。“在我们每个人的内心深处，都藏着一个人。”青春片里可以安排男女主角多年后相遇，各自功成名就，依然君未娶我未嫁。

人世间的一切不圆满，都能在电影里花好月圆。可是我们自己呢？是期待这样的好运，还是决心大胆说出心中的爱，将TA留在身边？

我其实很高冷的，只是你不一样

文／梁知夏

爱情总是会改变人，两个人相爱总要有人做出牺牲。

不知道大家有没有听过这样一句话：“世界上哪有什么高冷的人，只不过暖的不是你。”每个人年轻时都会遇到一个人，让你情不自禁卸下伪装，让你不知不觉朝他靠近。就像歌词中写的那样：“为了这次相聚，我连见面时的呼吸都曾反复练习。”

在那段卑微又幸福的时光里，我们就像是失去灵魂的玩偶，所有的喜怒哀乐全系在一人身上，即便那个人也许从头到尾都不知道。

我大学时曾经暗恋过一个会弹钢琴的女神。每周五的下午四点钟，女神都会坐在琴房靠窗的白色钢琴旁练习曲目。阳光从贴着六棱花纹的窗户上投射进去，落在她披肩的长发上，落在她白皙的皮肤上，更落在她不断跳动的手指上。

我其实是一个沉默寡言的人，从来都不愿意跟旁人多说一句废话。可是每周五我为了听女神弹钢琴，都会编出一堆鬼话去求思政老师容许我翘半节课；为了哪天女神一抬眼看到我，我每天都在反复练习自己的开场白。可是我一直练到了女神找到自己的男朋友，都没找到机会开口。

直到三四年后的今天，我仍然能一字不差地背出那段反复练习了几百遍的开场白，而室友们也不止一次地用这件事笑话我，说从未见我说过这么长的句子。

他们笑他们的，只有我自己知道，那段时间的我已经不是我了。

爱情大致分为两种。第一种，也是绝大多数的情况：爱情会让人不再是自己。也许我是南极亘古不化的冰原，只要你一个微笑，不用春暖我自盛开。

后来我仍然常去听女神弹钢琴，也早已不抱女神会看上我的野心了，而只是纯粹去看看她。看看她近来练的那首《蓝色多瑙河》是不是更熟练了些，看看霜寒露重她是否感冒了，看看她有没有很幸福……

后来因为巧合，我成了女神很好的朋友。我本以为女神永远都会颔首微笑，虽然笑得倾城倾国，但总是让人有距离感。

后来，我看到了她跟她男朋友的日常。原来女神也可以被人叫作小傻瓜，原来女神也可以像个小女生般躺在别人的怀中，原来女神一点儿也不高冷。

有一次，我终于忍不住稍稍表露了自己的心声后，刚刚还在笑着跟我调侃男友不解风情的女神突然收起了笑容，饱含深意地看着我，缓缓说道："你不是他。"

我在那一刻才真正明白了那句话："世界上哪有什么高冷的人，只不过暖的不是你。"

《大话西游》中的紫霞仙子有一句十分经典的台词："我的意中

人是一位盖世英雄，有一天他会踩着七色云彩来娶我。”可隔了这么多年我再看这句话的时候，心里却有了不同的想法。我想，就算没有七色云彩，就算来的是个没文化、武功差的至尊宝，紫霞仙子也一定会义无反顾地嫁给他，不为别的，只因为他是自己深爱的至尊宝。

在没有遇到一生所爱的时候，我们每个人都喜欢在幻想的时候给那位还没出场的伴侣设下很多苛刻的条件：男生，你得有房有车，身高起码得175厘米，年薪20万元……女生，你得长得好看，乖巧听话，最好是高高瘦瘦的……

可是，当那个人出现的时候，你就像是深陷迷雾许久突然眼前豁然开朗。只要是你，什么标准我都不管了。

爱情其实还有第二种，也是极少数的情况：让人变回自己。遇见你之前，我是南极亘古不化的冰雪；遇见你以后，我仍是那冰山那苍雪，只是那冰雪上多了你深深浅浅的足迹。你踏雪而来，我分明还未春暖花开，不知为何心里却始终暖意盎然。

张宇说过这样一段话：“男女在一起一段时间后，女孩子还能维持自己原来的任性、霸道或者不讲理，那就表示她碰上了一个好男人。”

姥姥娘家在解放前是当地赫赫有名的大地主，而姥姥作为最小的女儿也被人称为钱家三小姐。因为媒人说得天花乱坠，姥姥这位钱家三小姐下嫁给了作为落魄地主家后代的姥爷。在那个年代，哪有嫁出去的女儿再回头的道理，可是老实巴交的姥爷为了不让自己如花似玉的老婆受苦，开始疯狂卖苦力，从一穷二白到给姥姥盖上了三间敞亮的大瓦屋。不仅如此，姥爷也尽可能地满足姥姥的要求，春时的红色头绳，夏时的黄色凉帽，秋时的粉色暖裤，冬时的绛色棉袄。有些东西姥姥还未来得及开口，姥爷就已经送到她的面前。

直到很多年以后，当我再看这对九旬老夫妻时，就可以明显地感觉到，岁月把本该刻在姥姥身上的皱纹都狠狠凿在了姥爷的身上。姥姥还保持着年轻时的小姐脾气，时不时地嫌弃姥爷弯如山脊的驼背，时不时地指责姥爷越来越不灵活的手脚。可是骂着骂着，姥姥就会伸手去扶这位为她挡了半世风雨的爱人。

姥爷临终前，姥姥不去管乱成一团的小辈们，而是蹒跚着小脚走到姥爷身边，摸着他沧桑如枯枝的手，轻声嘱咐："你好好走，不要担心我，没事的，没事的……"

姥爷的喉咙中发出"嗬嗬"的声音，没有人知道他要说什么，一直很坚强的姥姥终于忍不住落下泪来。

"荷荷……荷荷……"仿佛又回到了七十几年前的雪夜，姥爷怯生生地推开门，看到如花似玉的姥姥面带愠怒地坐在破旧的草屋里。

"钱玉荷，荷荷……"

爱情总是会改变人，两个人相爱总要有人做出牺牲。我爱你，所以我会变得很啰唆；我爱你，所以从前的高冷，曾经的标准都可以不要；我爱你，所以我愿意让你一世高冷，再冷也没有关系，我会用余生为你暖场。

因为你，我爱上了这个世界

文／柒先生

对的时间遇见对的人，还差对的火候，这是我见过的最傻的爱情。

小鹿喜欢双数，双数就是“门前大桥下，游过一群鸭，快来快来数一数，二四六七八”这种双数。双，有一对儿的意思。

她每次吃糖炒栗子，一边吃一边在心里默默数“他不喜欢我，他喜欢我”，吃到最后剩下一颗，就给了我。我是她最好的朋友。

我问小鹿：“你是不是有强迫症？”小鹿笑着说：“他喜欢我吗？”我一副好奇的样子，问：“谈恋爱了？”小鹿点点头。我问：“他叫什么名字，哪个班的？”“不告诉你。”小鹿接着叹了一口气说，“可是我不知道，他喜不喜欢我。”

我说：“其实，一个人喜不喜欢你，你有两种方式可以知道。一是按照数学方式来推导证明。正推，如果他爱你，有哪些表现？反推，如果他不爱你，你的哪些表现他拒绝了？再就是排除法，假如，你从他的生命里消失，他会怎么样？”

小鹿思考了很大一会儿，问：“如果我从你的生命里消失，你会怎样？”我说：“应该再也不用吃你剩下的糖炒栗子、糖葫芦、瓜子、薯片等了。”小鹿很委屈地问：“你不喜欢吃？”我说：“喜欢。”

小鹿很开心地笑了，我说的那句“喜欢”，像是久旱迎来的一场细雨，久等面包而迎来烤箱打开的那一刻，盛好的一碗清汤面浇上一大勺红烧牛肉。小鹿明知道那句“喜欢”跟她以为的喜欢并不是一回事，但她仍欢喜。“你是年少的欢喜”原来这句话，倒着念更通顺。

我问：“干吗那么开心？”

小鹿说：“我告诉你一个秘密，你听完能不骂我吗？”我说：“有吃的吗？”小鹿递给我一大包薯片说：“不准骂我！”

小鹿说：“她喜欢许嵩，我喜欢的才是五月天，你学会的那首《倔强》是我最喜欢的。”

我把薯片嚼得“咯吱咯吱”响，笑着说：“我知道。”小鹿说：“你写的那些情书，我从来没有送给她。我保证，没有偷看，都藏在我的书包里。”我说：“我知道。”

小鹿突然很疑惑地看着我，问：“你怎么知道的？”我说：“（2）班根本没有叫杜悦悦的女生，那个名字是我编的。”

小鹿问：“为什么？”

我笑着说：“你是不是傻？看看那些情书啊，我费了好大的劲，你居然没偷看，对得起我的心血吗？”

我跟小鹿最后一次见面，是在南京路，她打电话问：“你到哪里了？”我接了电话，笑着说：“在你对面。”那天，是红灯，马路上我们各站一边，中间是川流不息的车辆。她站在我对面笑。

小鹿说：“你过来找我，还是我过去找你？”我说：“站在原地，等我。”

我跟小鹿最后一次坐公交车，是晚上的末班车，车很空，上车以后，她坐一边，我坐一边，中间是空出来的走道。小鹿说：“你过来坐我旁边。”我问：“为什么？”小鹿笑着说：“我这边可以看到星星。”

我跟小鹿最后一次吃饭，吃的是西红柿炒鸡蛋，不过她不爱吃西红柿，只喜欢吃里面的鸡蛋。

从此以后，我再也无法忘记这道菜。我们大多数人会因为某一种喜欢的味道而记住某一个特殊的人，这就是独家记忆。小油菜跟西红柿搭不搭，土豆和牛肉炖多久，藕盒里放什么肉馅，每一盘菜都是在创造一种相爱的方式。

我跟小鹿应该还有一次见面，这世界不大，总归还是会见一面吧。因为，上一次，我们没有好好告别，她还欠我一个拥抱。

我们第一次见面是在咖啡馆，她坐在我旁边，很少说话。突然，她哈哈笑了起来，我们都愣了愣，问她：“怎么了？”小鹿说：“你刚才讲的那个笑话真好笑。”我有点儿蒙，看了看手表，时间过去了四十五分钟。她的反射弧有点儿长，不过很可爱。

那天，我拿了很多资料，临走的时候，想先把资料放在她的包里，然后我帮她拿着包，就说：“我能用你包一下吗？”小鹿笑着说：“可以啊！”然后她上前拥抱了我一下。

我猜，她把我那句话听成了：“我能拥抱你一下吗？”原来，第一次见面，她就还了那个拥抱。

如果你知道，她注定要踏上一辆五分钟后远行的列车，车关门所需的时间是十五秒，你们之间的距离是两米远，她离车门的距离是十米远。那么你们还有四分四十三秒的时间可以拥抱。这世上没有一成不变的决定，早一秒做出选择，一切都还来得及。因为列车门关上的那一刻，你唯一能做的就是挥手告别，然后等下一次不知归期的相遇。这世界真美，不如我们相爱吧！可是，最后一次离别前，我仍未敢张口说。

中间三年，我们没有见面，总说有时间聚聚，但总没时间，一次又一次巧妙地错过了。有一天，小鹿在微信里问我："推荐一个拍婚纱照的店，我要去你那里拍婚纱照。"

我心里一惊："你要结婚了？"

小鹿说："没，陪闺蜜去拍婚纱照，我顺道去看看你。"她来的那天，我们约了老地方见。我站在南京路路口，想了很多：几年前为什么不敢奋不顾身，怕什么？怕辜负吗？怕承诺吗？还是怕中了"毕业就分手"的魔咒？手机突然响了起来，我问："你到哪里了？"小鹿笑着说："在你对面。"

那天，还是红灯，马路上我们各站一边，中间是川流不息的车辆。她站在我对面笑。我问："笑什么？"小鹿说："站在原地，等我。"

嗯，我站在原地等了三年。然后绿灯，她跑过来，张开双手拥抱了我一下，我特别想抱着她转一个大圈，再转一个大圈，就像绕着这个世界转了一圈。

那天吃完饭，送小鹿回酒店，她执意要坐公交车，是晚上的末班车，车很空，上车以后，她坐一边，我坐一边，中间是空出来的走道。小鹿说："你过来坐我旁边。"我问："为什么？"她说："我这边可以看到星星。"

那天，星星真好看，她在看星星，我在看她，她一转头，目光碰到一起，像是薯条碰到番茄酱，像是阳春面碰到煎蛋，像是炸鸡碰到啤酒。有些人，你再看一眼，还是想拥有。

小鹿问："你看什么？"我笑了笑，没说话，牵了她的手。对的时间遇见对的人，还差对的火候，这是我见过的最傻的爱情。

有时候多嘴问一句，那么结局可能就不同了。如果你仍小心翼翼地在维系一段友谊，也仍想往前走一步试试，但愿你有勇气多嘴问一句："跟我结婚，好吗？"

喜欢上一个不对的人

文／应晓涵

喜欢一个人可以低微如尘埃，风过而形散。然物极必反，最卑微的时候，往往也是最勇敢的时候。

1

老周是我的高三同桌，我们高中一个年级两千人左右，我和老周能认识的满打满算不会超过两百人，去掉女生，男生不到五十人，可就在这五十个不到的男生中间，老周相中了林同学。

林同学有1.85米的大个儿，和1.55米的老周刚好配成“最萌身高差”。

那时老周正当年少，真只看见林同学的好。纵使他的成绩一塌糊涂，老周也能毫不介意。

知道自己喜欢林同学的老周纠结了一个星期，在一个阳光明媚的中午，老周鼓起勇气，向林同学发送了一个“戳一戳”。

林同学回：我要午睡，你不午睡吗？小姐姐？

老周不高兴，问：为什么是小姐姐？

林同学秒回：小妹妹。甜腻腻的“小妹妹”，以及后面的波浪线，这个承载着鸡皮疙瘩的符号让老周感到心神荡漾，以至于这个从不午睡的人回复道：啦啦啦，我去睡觉了！小哥哥。并且一瞬间心花怒放到宛如一个傻子，兴奋得更睡不着了……

说起老周和林同学的相识，其实可以追溯到初中时代。初三时，林同学转学来到老周的班级。

说来也奇怪，整整一年的同学，老周对林同学却基本没有印象。

大概是林同学初中的时候太默默无闻，老周毕竟是班长，日理万机……巧的是，高一老周和林同学成了友好的同桌。因此，两个人突然熟起来，而且很熟很熟，从线上聊到线下，关系极佳。

高二文理分科之后，老周从文，林同学从理。老周在三楼，林同学在六楼，没有了同班相处的时间，聊天就主要在QQ上。

每次聊天最后，林同学都会发：晚安。

老周就开开心心地回复他：晚安。

老周虽然没有谈过恋爱，但是莫名觉得互道“晚安”是情侣之间的行为，所以每次聊天之后都会特别开心。

2

进入高三，学习压力加大，越来越忙。

老周和林同学聊天的时间渐少，老周偶尔会“戳一戳”他，然后把手机音量调到最大，等回复，但很少有，更多的是安静。老周也不觉得他过分，还在心里为他开脱，想着他成绩不太好，高三要提升，忙一些很正常。

去食堂的时候，老周都会特意在人群中找林同学的高大身影，然后很快走过去装作巧遇的样子跟林同学打声招呼。

时间长了，老周渐渐能摸清楚林同学一天大概的时间表，会有意地制造各种偶遇，就只是为了能见到他，打声招呼。在他偶尔一个人的时候，跟他聊上几句。

老周沉浸在自己制造的小惊喜中，越来越觉得林同学是喜欢自己的，只是羞涩而已。

老周想来想去，怕错过了，还是表白了，但没有勇气当面说。老周决定用QQ给林同学打一段话，可删删减减，最后只剩了一句：我喜欢你。林同学回了我一句：你为什么喜欢我?

林同学的疑问合理却老套。

老周蒙了一下，然后如实说，接处时间长了突然发现喜欢他。

林同学：这不算理由。

老周：可是喜欢要什么理由。

林同学回答得冷漠，仗着老周喜欢他任性地说“不算理由”。老周想着这大概是错以为是两情相悦的一厢情愿吧。

3

休息日，教室又大又空，只有稀稀拉拉的几个人，男生结伴离开后，老周突然哭了。

我坐在老周旁边，皱着眉头看她，很心疼，却也只能看着她。

老周哭得太平静了，连抚慰都显得多余。也就是那个时候吧，我突然觉得“别哭了”是一句特别浑蛋的话。

在无能为力的情况下，哭的确是一种解决办法。眼泪可以使双眼更加明朗，哭过了，就好了。

一天放学路上，鱼尾突然和老周说：“他最近好像在躲你。”

“躲我？”

“嗯，他这几天都走得很晚，每次都远远地走在你后面，好像是在躲你。”

晚自习下课后，老周在小区门口堵住了林同学，说："你是不是在躲我？"

"你后面长眼睛了？"林同学一脸的玩世不恭，算是承认了。

这件事之后，老周也开始有意避开他。知道他会晚走，老周每天早来早回；知道他会去书店，老周就在学校外面买书；知道他会去食堂，老周就去面包房或者超市。看起来又回到了彼此不熟悉的原点。

4

彤哥高一和老周是同班同学，关系不错。偶尔也和林同学一起走，对他们俩的事情也知道一点儿。彤哥问林同学："你是不是喜欢那谁？"

林同学："嗯，之前喜欢来着。"

彤哥看了老周一眼，叹了口气，说："有个分科之后同班的同学问他：'那个戴大框眼镜的女生跟你什么关系啊？'他说，你骚扰他。"彤哥皱着眉头，有些担心老周。

"我骚扰他？"老周像是气笑了，直奔回家，在QQ上疯狂地轰炸林同学：你为什么跟别人说我骚扰你？

林同学回复：我总不能告诉他咱俩的关系吧。

不轻不重的一句话，老周一下子就安静下来。

当时已经是高三下学期了，林同学不知道是懒还是故意的，成绩的查阅密码一直是原始密码。老周每次考完试都会查一下林同学的成绩，不知怎的，林同学的成绩居然一路上升，原来是全班倒数第几的人，居然考入了前几。

5

毕业后，林同学就此离开了我和老周的生活，老周终于看到事情的真相："其实，他真的挺丑的。"

美好的高中三年，老周只喜欢了这么一个人，可走到结束的时候，却发现都是错的。

乖乖巧巧的女生会喜欢痞痞的小混混，出色的女学霸也会喜欢默默无闻的差生。很多事情难以解释其因果，但是它们真实地发生了。

我们或许都喜欢过一个不那么对的人，但是我们都有了一个合适的十七岁，冲动草率却勇敢得可爱。

喜欢一个人可以低微如尘埃，风过而形散。然物极必反，最卑微的时候，往往也是最勇敢的时候。就仿若老周那个时候，不考虑输的结果，只有赢的信念。我想，如果有一天，有人愿为我而卑微，那请允许我们牵手共度余生吧。

等候蔷薇纷飞的模样

文/凌霜降

看着自己柳枝一样细软的腰身，以及春笋破土一样的胸部，我感觉自己的身体像料峭春寒中想要开放的蔷薇花。

15岁那年，我在一个很安静的小镇读初三。老师给我的期末评语永远是：文静乖巧。

我高一了，长大了。我的身体像一朵即将绽放的花，仿佛只是一夜之间，它柔软地、饱满地、满怀希望地准备要绽放。看着自己柳枝一样细软的腰身，以及春笋破土一样的胸部，我感觉自己的身体像料峭春寒中想要开放的蔷薇花。

我开始察觉到男生躲闪着却追随着我背影的目光。同桌小米说：“你应该骄傲，全校没有一个女生的身材比你更好了。”但我却是惶恐的，那些目光非但没有让我骄傲，反而让我无所适从。

而杨磊的目光正是使我浑身不自在的主因。杨磊常常从后面跑过来，或者骑着自行车从我身边飞驰而过，顺带说一句："叶蔷薇抬头站直。"我居然还会"哦"一声条件反射地站得笔直。然后我就听到杨磊爽朗的大笑声，那种笑声在校道上的枝叶间缠缠绕绕，让我的心陡然生出一些莫名的忧伤，甚至感觉天就要暗淡下来了。

杨磊与我同班，就坐在我的后面，他总喜欢向我借一些橡皮、铅笔什么的。小米说："我看杨磊一定是对你有意思。"我对小米的话一点儿也不感兴趣，我宁愿趴在桌子上看窗外的飞鸟。

这时，我收到了人生中的第一封情书。那是隔壁班的一个男生，名声像他的文笔一样差，他提到喜欢我的理由时说，因为你身材好。

我看着这几个字，头一下发蒙，我不知道自己的脸是不是红得特别可怕，我只知道有一种难以言喻的羞辱感令我浑身颤抖，甚至没有办法思考。

我忘记了自己是不是还因为这种被羞辱的感觉而哭了，我跑出了教室，在走廊里撞到了谁我不知道，我几乎是手脚并用，混乱而准确地把那封信扔到那个男生的脸上，然后甩给他一记耳光。

我几乎是跌跌撞撞地跑离了那里。在那个让我感觉耻辱的黄昏，我蹲在教学楼下的球场阶梯上哭泣。空旷的球场上，我听到自己回荡着的抽噎声，还能听到我的泪水大颗大颗滴落在水泥地上的响声，这让我感觉自己孤独而又悲凉。

"这有什么好哭的，你身材是很好呀，我也很喜欢。"我猛地眼含泪水抬起头，居然看到了杨磊。我瞪着他，用一种耻辱的、可怕的或者还充满憎恨的目光看着他。他没有再说话，脸红红的，也瞪着我。我读不懂他的目光里是什么样的情绪，但我想我的目光一定是厌恶的、愤怒的。我直直地瞪着杨磊，忽然发现此刻的他跟那个写信给我的男生没有什么两样。

我慢慢地站起来，感觉自己很冷，很空，像一具丢失了灵魂的躯体。我轻飘飘地经过杨磊的身边，踩着荒凉的夕阳。是的，我是这样无助和伤心。

我找来了一条长长的白色棉布，缠紧了我那疯狂生长的胸部。我的17岁就这样在疼痛中到来了。

这条同样沉默同样疼痛同样悲伤的白色棉布，牵着我同样疼痛的青春走到了高三。一切如白驹过隙，我却感觉无比漫长。

再次碰见杨磊是在一个阳光灿烂的早晨，他站在我的对面，用无比真诚的眼神看着我说："叶蔷薇，你很美丽，真的。"

我忽然泪流满面，为这一句话，也为那些蔷薇花开却沉默不语的少女时光。

每个人的心里，都有一个『斑马姑娘』

文/于小鱼

也许，怎样的表达方式并没那么重要，毕竟，年少时的喜欢，仅仅是喜欢而已。

这不是一场表白

那栋青砖黛瓦的二层小楼，是艺术班学生的琴房。如果我的舍友大余白天的侦察没有出错的话，那个女生当时就应该在二楼的九号房间练琴，而就在我夺门而入的一刹那，我的脊背瞬时升起了一股凉气，整整七个女生在我的面前正襟危坐，气氛异常凝重。我在心里一遍遍地咒骂着大余，汗水一滴滴地从下颌落下来。

我不时地用余光往前窥探，好在那里果真坐了一个穿着斑马裤的女生，使我那倍感尴尬的心得到了些许宽慰。

你的微笑，对我很重要

我是从军训的时候开始注意到那个女孩的，她有着白皙的皮肤、顺滑的披肩长发，眉清目秀，在我眼里，绝对是一个好看得不能再好看的女生。回到宿舍后，我还是躺在床上着了魔似的一遍遍念叨着“斑马姑娘”。

后来我以三支冰淇淋为代价让大余帮我打探到了她的名字，“许静萱”，大余开出的条件足够龌龊，一个字一支冰淇淋。

我是在两个月后让大余帮我把那封匿名信寄给许静萱的，信中写满了对她由衷的倾慕。后来的状况着实发生了一些改变，在食堂吃饭的时候，好多次许静萱都会朝我们这边看过来，甚至有时候，会调皮地朝我们这里打个手势。

那些努力奋斗的日子

我的生活就是在那种情境下发生悄然变化的。每次从球场回来，我都会把污腻的领口泡在水里搓上一遍又一遍；大余在我的饭盆里再也挑不出一丝荤腥，我要用拼命节省出的伙食费去买一条漂亮的牛仔裤；当别人还在被窝里安享能够睡到自然醒的周末时，我早已坐在了安静的教室里温习功课。

高二下学期的期末考试，我的成绩上升了整整五十名，而且获得了“校级三好生”，而我也万万没有想到，许静萱会在放假前的那个周末，给我和大余送来弥足珍贵的两张电影票。

那天在电影院里，我和许静萱小声地谈论着电影，大余却在一旁抽泣。

感谢你，赠我空欢喜

我是在高考成绩下来后去和许静萱摊牌的，而当我满怀信心地结束那段冗长的表白后，许静萱先是一阵惊愕，然后平静地对我说：“同学，你一定是误会了。”

后来我问她为什么那天要请我去看电影，她说那场电影其实是补偿大余的，大余曾经给她寄过一封匿名情书，可一紧张硬是把那封信塞进了邮筒旁边的举报箱，当时就被老师抓了个现行。

她说大余还因此挨了处分，两年内不准评选“三好学生”，直到看电影那天他还为此伤心……

是的，这三年的光阴里，我一直以为的那段美好岁月，只是一场自作多情的空欢喜。

那天，许静萱还告诉我，那个被我一直视为草木的大余，在升入那所高中的第一天，就曾坦然地对她说过：“你这样的女生，我好喜欢。”

是啊！年少时的喜欢，大抵只有这两种情形吧，或如我这样的遮遮掩掩，或如大余一般直白坦荡。也许，怎样的表达方式并没那么重要，毕竟，年少时的喜欢，仅仅是喜欢而已。是的，仅仅是喜欢。

第三章 格式化自己，只为删除你

我没有等来长大了的余扶遥

文／猪小浅

春娇和志明恋爱八年，分分合合还是在一起，但现实生活中，一个岔路口的分开，可能就是天涯海角。

1

余扶遥是我们学校计算机系的才子。他小我两届，是室友的老乡。

有时在校园里遇到，远远就听到他朝室友喊“姐姐好”。余扶遥不仅嘴甜，人也长得纯良无公害，怎么看都是那种招人喜欢的少年。

一直到大四，我和余扶遥才真正熟识起来。那次我的电脑开不了机了，室友一个电话打过去，余扶遥就气喘吁吁地跑来了。可两个小时过去，我的电脑屏幕还是暗的。天气有点儿闷，余扶遥一着急，头发都湿透了。

我过意不去，跑到楼下给他买饮料。再上楼的时候，余扶遥看着我大呼小叫："苏婉，电源线松掉了你都不知道？"我自知理亏，却有点儿不服气地嘀咕："你忙活了两个小时，不是也没发现？还有，你不是应该叫我'师姐'吗？"

余扶遥气鼓鼓地怪我毁了他在IT（信息技术）界的声誉，我答应请他吃三次校园门口的螺蛳粉，他就乐呵呵地笑了，露出两颗虎牙，特别可爱。

我只当他是个还没长大的小屁孩而已，但室友们觉得，余扶遥对我还有其他意思。譬如他管其他室友都叫"师姐"，对我却"苏婉苏婉"地叫个不停。我不服气，他却振振有词地说："你个头儿那么小，还喜欢穿娃娃衫，哪里有半点儿师姐的样子？"我拿他没办法。

2

余扶遥是个好玩的人。有天我们宿舍的姑娘们坐在操场上吃西瓜，余扶遥抱着篮球路过，看到我们，他跑过来说："这样吃西瓜多无趣啊。"

说完，他就跑开了。回来的时候，他抱着西瓜和冰水，冲我们傻笑说："西瓜和冰水更配哦。"

那是2010年夏天，傍晚时分，有微风拂面，还有少年余扶遥轻轻哼唱的《小酒窝》，时光美得有点儿不像话。但那也是我在校园里待的最后一个夏天，吃完散伙饭，领完毕业证，就意味着要各奔东西。

而那段时间，余扶遥总是在微博上发一些莫名其妙的诗句。"在遇到你以前，我不怕死，不惧远行，也不曾忧虑悠长岁月，现在却从未如此真切地思虑起将来。""夜阑卧听风吹雨，铁马是你，冰河也是你。"

室友们将这些诗念给我听，说理科男生余扶遥因为爱情，变成了一个诗人。

这一年，《志明与春娇》在全国上映。余扶遥买了票，站在宿舍楼下等我。午夜时分，从电影院出来，仿佛因着结局的圆满，空气中都是甜蜜的味道。而余扶遥突然拉住我的手说：“苏婉，做我女朋友吧。我知道你比我大，但张志明说，我比你高啊。”我“扑哧”一声就笑出来了。

3

带着这份爱情，我来了上海。起初的日子还挺难的。不论是工作、租房还是适应这座光怪陆离的城市。余扶遥每天陪着我在微信上聊天，我抱怨一多，他就有点儿着急，要来上海找我。

我以为他只是说说，却没想到他真的来了，背着行李来了上海。我好说歹说，总算将他劝了回去。

从那之后，我遇到不开心的事，再也不敢跟他说。

这样的关系，让我有点儿吃力。好在也就一年的时间。余扶遥站在上海的街头耍帅时，我在心里想着，以后每天都在一起，所有的问题就都不是问题了。

作为IT男，余扶遥的第一份工作待遇优厚，前途光明。但有一天早晨我赶着去上班时，却发现余扶遥还赖在床上。一追问，他才怯怯地答，因为主管冤枉了他，他一气之下辞了职。我突然不知道说什么好。

大概就是从那时开始，那个有趣的好玩的余扶遥慢慢就变得不那么可爱了。他有才华，但他的骨子里也有少年的幼稚和骄傲，受不了一点点委屈。几份工作换下来，我渐渐对他失去耐心。吵得最凶的时候，我穿着睡衣离家出走，余扶遥跟在我身后。后来次数多了，他也就不再追出来，而是闷在屋里打游戏，任由我一个人在大街上游荡。

所谓爱情，大抵就是这样一点点流逝的吧。

2012年，彭浩翔拍了《志明与春娇》的续集《春娇与志明》。上映那天，我一个人去了电影院。

结束的时候，我躲在角落哭得像个小傻瓜。彭浩翔就是厉害啊，他能把爱情的真相，一点点剖析给你看。爱上一个人的理由可以很简单，但难的是过程，是如何将感情里的初心永久又美好地保持下去。

那天晚上，余扶遥喝了酒，很晚才回来。喝醉的他，一遍遍地问我："苏婉，为什么爱情那么难？"我回答不了他。

第二天我下班回到家的时候，那个30平方米不到的出租屋，一下子就宽敞了很多。你看，真正想要离开的人，才不会张牙舞爪，而是不动声色地就在你的眼前消失了。所以，不仅是我感到绝望，余扶遥也一样。不一样的是，他比我冷静，也比我狠心。

4

失恋后的很长一段时间里，吃西瓜，我总是不忘加冰水。

有次公司的同事集体去唱歌，听到有人唱《小酒窝》的时候，我一下子就情绪崩溃了。跑出来，满大街地找西瓜。那时是冬天，西瓜真的太难买了。

但左晨说："我陪你。"左晨是我的上司。

30岁的他，在25岁的我面前，算得上千帆过尽。我的焦虑，我的不安，我的小心机，他只需一个眼神，就能漫不经心地收入眼底。其实和左晨谈恋爱并不好玩，可这个男人，让我安心。

2017年4月28日，《春娇救志明》全国上映的时候，陪在我身边的人是左晨。那天从电影院出来的时候，天气微凉，左晨把外套脱下来披在我身上，牵着我的手说："苏婉，要不我们结婚吧。"

我想起和余扶遥恋爱的时候，他说过要在这座城市最热闹的地方向我求婚，场面要大，人要多，这样我就舍不得拒绝他。再看一眼身边的左晨，他把求婚的话说得这样平淡又无趣，可我并不觉得有多失落。

成熟的男人让人安心，但也要原谅他可能没法可爱又好玩地爱着你。只是，我在这个夜晚，有点儿无法遏制地想起余扶遥。

这些年，其实我从室友那里也陆续知道余扶遥的一些消息。

分手后，他回老家开了一家网络公司，事业做得风生水起。五年过去了，他已经是两个孩子的爸爸。

上班努力赚钱，下班准时回家，会哄老婆开心，也会耐心地给孩子们讲故事。是好丈夫，也是好父亲。

这样的余扶遥，让我觉得既陌生又熟悉。他不是我曾经认识的那个余扶遥，但他是现在的左晨。实际上，可能左晨，也是曾经的余扶遥。

每个男孩的成长，都需要一个过程。只是有点儿遗憾，我没有见过余扶遥成熟懂事后的样子。但实际上，又有多少女孩能够等来长大了的“张志明”呢？

我把婚纱照发在微博上的那天，收到一条陌生的留言说：祝福你，我的女孩。点进去，唯一的一条微博写着：这些年，一直用小号关注着你，看到你尘埃落定，我也就放心了。我突然泪流满面。

想想电影里的人生真是好啊。“春娇”和“志明”恋爱八年，分分合合还是在一起了，但现实生活中，一个岔路口的分开，可能就是天涯海角。多年后，我和余扶遥，只能在各自的人生里安好。

明天是世界上最美丽的词

文/何立伟

相信爱，就像相信明天会更加美好。

这是我在饭桌上听来的故事。

一个叫子叶的姑娘，爱上了一个喜欢写诗的有独特气质的瘦男孩。瘦男孩说话激动时有点儿结巴，但这样反而显得更加可爱。他仄仄的脸上有一种动人的天真。她一直看他的微博，每天都看，但她从不留言。

他和子叶姑娘在同一幢写字楼里上班，他是另外一家公司的。

她在下班的电梯里听到他的同事叫他的名字，所以找到了他的微博，看到了他写的诗。

他们也偶尔在楼下的快餐店里相遇。

她看到他总是点糖醋排骨和番茄炒蛋。当她偷偷观察他而心生喜欢的时候，就想，我要学会做这两道菜。

他在他的照片中比在生活中更可爱。他经常做鬼脸和剪刀手，仄仄的脸，特别生动。这是在电梯里看不到的。

她知道自己已经暗恋上了这个喜欢吃糖醋排骨和番茄炒蛋的家伙了。

她有点儿抑制不住，渴望向他表白。

但这一天还没到来的时候，他走了。他离开这座城，去了上海。

她是在他的微博上看到的。那天的微博上贴了一张机票。

她哭了。她没有哭出声，只是让泪水不停地流。枕头是冰凉的。

她知道他应聘上了一家美国公司。她在照片中看到了他的办公室，很干净，同他的白衬衣领子一样。他的同事也跟他一样，都一脸朝气。

他的诗她照样不怎么懂，但仍觉得有意思。

他仍喜欢扮鬼脸和做剪刀手。

还有一张他单独和一个笑起来露出牙套的女孩站在外白渡桥旁的照片，他脸上的表情略有些拘谨。

出现这张照片的当天，他写了一首特别难懂的诗，但她就是看明白了，这是一首爱情诗！

子叶姑娘失眠了。

并且，他在第二天的日志里写了一句：昨日的邂逅，是今天的心跳。

哦，明白，他是在外白渡桥邂逅了“牙套妹”，也就是邂逅了爱情。

她决定再也不看他的微博了。

她以后也绝不会学做糖醋排骨和番茄炒蛋。

窗台上的绿萝呀，你为何那样没心没肺地葳蕤呢？

但她戒不掉那毒药。只隔了三天，她又在平板电脑上打开了他的微博。

这天他发了一张照片，是一双漂亮的红白相间的毛线手套。

下面是一行字：我要亲自给她戴上。明天。明天是世界上最美丽的词。

明天，也就是第二天。晚上，打开电脑，她又迫不及待地看他微博。紧张，揪心，好奇，酸楚……

有一股乱成一团的情绪。她不知道她的手微微有点儿抖。

他的明天是，“牙套妹”飞走了，飞回她的成都了。那是她工作和生活的城市。她到上海，只是一个人来休年假。

那手套送不出去了。红白相间的毛线手套。

他自拍了一张捂着脸的照片。写道：张悦悦，你离我有1964 公里远！

电脑的光反映到子叶姑娘的脸上，她惨白地笑了。

她轻轻地呢喃了一句：“把那手套留给我。”

她知道从明天起，她要看两个人的微博了——郑陶（同事们是这样叫他的）的和张悦悦（他是这么在微博里叫那“牙套妹”的）的。

这位瘦男孩写道：上班的时候，同事提醒我，说他跟我谈事情的时候我有些走神。这样不行，我要振作起来。

但第二天他接着写：窗外的福州路，街景没有变，可是我的心情变了。起风了。我有些乱。

她心里隐隐有些疼。

那么张悦悦呢？

她找到了张悦悦的微博，她看到这位“牙套妹”同样陷在了无尽的烦恼中。

“牙套妹”的话虽然说得有几分含蓄，但她凭着女性的直觉，晓得她的烦恼也是来自爱情。她有些紧张。她觉得“牙套妹”和瘦男孩之间只有一张窗户纸。她害怕他们之中的任何一个人勇敢地伸出手指。

她甚至不敢看下去，更不敢想下去。

但她仍然接着看，好奇害死猫。

有几天，瘦男孩没有写日志。她真的好担心。

“牙套妹”倒是每天都更新微博。她追着观察她的烦恼，忽然一下子，她明白过来。“牙套妹”另有所爱！因为“牙套妹”在文字里提到的那个“他”，是一个“眼镜男孩”。

“牙套妹”写道：他换了一副眼镜，镜片厚了，应该是400度换成了600 度吧。不过还是照样帅气。

她猜想，“眼镜男孩”应当就是“牙套妹”的同事。办公室恋情，她脑子里浮出来这个词组。

“牙套妹”在上海新天地给“眼镜男孩”买了个精致的琉璃做的羊。她猜想这应当是那男孩的属相。

“牙套妹”把琉璃羊送给了“眼镜男孩”。这样好的机会，但她仍然没有开口表白。事后，“牙套妹”写道：我怎么这样呆呢？我恨死我自己了！

她对着电脑屏幕说，这不是你呆，是你没有胆量！

一天晚上，“牙套妹”给自己鼓劲，写道：明天吧，明天，我一定要把那三个字说出来。

可是，她没有明天了。

因为第二天的微博，“牙套妹”只写了一行话：他走了。连告别都没有。居然事先都不知道。他到美国去读MBA（工商管理硕士）了。他还会回来吗？

因为感同身受，她忽然就有一点儿同病相怜。怔了小半天，才呢喃道：“命呢，这是。”

她还想说几句什么，但一时说不出了。

瘦男孩又出现在他自己的微博里了。

瘦男孩写的是：终于休年假了。明天，我要去成都。一定要去。戴上那双手套。

别楼台

文／叶无双

人世无缘同到老，楼台一别两吞声。

木鱼

小溪说我，活脱脱一个“师太”。

她说这话的时候，我不否认。因为我确实在有节奏地敲着木鱼。

当然，这木鱼可不是佛堂里四大皆空的木鱼。它的外形像鱼头，中间挖空成了共鸣箱，正面开一条长形鱼口，手持小木槌就可以敲击发声。它的音色空洞，发音短促，轻快活泼，常用来伴奏，在“数白榄”时作敲击节拍之用，是粤剧使用的乐器之一。

我是一名粤剧乐器师。或者说，曾经是。

这边，小溪还在聒噪。既然木鱼不是四大皆空的木鱼，我自然也就不是四大皆空的师太了。我停止敲击，然后伸出一双僵硬的手做了几个生硬的挥舞水袖的动作，做着手势配合一张一合的嘴型：“如此断肠花烛夜，不须侍女伴身旁。”

小溪什么声音都没听到，但她还是默契地明白了。她笑，翻翻白眼，嘟囔了一句：“行行行，不吵着你了好吧。”说罢，她离开了房间。顿时安静了许多。

我看看桌面上的照片，继续敲起了木鱼。我的桌面摆着很多照片，大部分是天水秀丽的景色。有一张例外，它被镶嵌在相架里，在灯下烁烁生辉。那是若干年前某梨园粤剧戏班在一次公演后的大合照，瘦削的我像只小猫一样站在后排的左数第二个位置上，几乎被人群湮没。不过不打紧。重点是，前排的正中间有个穿着宽大戏服却笑得一脸阳光的男生正是赵宴扬。我在心底无数次重复着这个名字。

长亭十八叮咛

自小就开始学习粤剧的年轻人，在Z城估计没几个。赵宴扬就是其一。他的爷爷奶奶曾经是粤剧名伶，因此在他刚懂事的时候，他就被动地接受着言传身教。自小就开始练习粤剧乐器的年轻人，Z城估计也没几个。我也是其一。

但我家只是普通的工薪阶层，家里没人和这个沾边。仅仅因为，14岁那年，我成功央求了父母肯出钱让我去梨园戏班学习。

一个没有与生俱来的天赋，对乐器也不是天生敏感的女孩子，会对这个在世人眼中古旧而成人化的行当真正有多大的兴趣？你也猜对了，我仅仅是因为赵宴扬。

14岁那年的一个夏夜，在家属大院内，看着赵宴扬在月下气宇轩昂地练习走着丁字步，我深深陶醉了。

我坚信，那一晚天上一定有流云飞过，红色的，在那个永不回来的夏夜。我呆呆地望着他，他定定地看着我，我们对望，充满着年少的无知。丘比特恰好路过，他不小心遗下了两颗种子，深藏在两个少年的心间。

我也想成为与赵宴扬配对的小花旦。我苦练了两个月的花旦撇步给梨园师父看，师父看完依然皱起了眉头："你这像是煮熟了的青蛙。还是算了吧，小姑娘。我很高兴你对粤剧有热诚，但世事焉能勉强。"

于是，我成了一名粤剧乐器手。除了木鱼，我还必须苦练琵琶、蝴蝶琴、双皮鼓与钩锣。都说了，我自知没有天赋，所以我必须比别人狠下三倍的苦功，才得以在梨园待下去，才得以让父母心甘情愿地一年年掏学费。

不能在台上与赵宴扬对唱"好同窗，缘暗订，三年结伴百般情"，但可以在台旁让他踏着我的拍子说"长亭十八里叮咛"，也是蛮不错的。

那得再图赖

因为粤剧，从此，我和赵宴扬有了紧密的联系。

每个周末，我都能在梨园见到他。我在梨园一角，手抱着琵琶，呆呆地看着在戏台上练习七星步、跑圆台、上马和背供的赵宴扬。他挺着笔直的腰杆，有板有眼地一丝不苟地完美完成整套动作。从那时开始，赵宴扬，连同他的高傲、智慧以及玉树临风，在我的心间充满"丁零零"的回响，从未在我心中磨灭。偶尔，他在台上搜寻着台下我的身影，然后朝我展开灿烂的笑容。

我听见他唱："一夕恩深记紫钗，赤绳长系足，那得再图赖。"

那得再图赖。

那是我一生里最快乐的日子。我奏乐，他唱戏，我们的若干年。

天长日久的相对，我和赵宴扬之间，丘比特遗下的种子在发芽、滋长。这种滋长如无声潜入夜的细雨，滋润着他长成了一个俊朗挺拔的男子，而我，也长成了一个亭亭玉立的姑娘。

作为粤剧特长生，我们进了同一所中学，然后进了同一所大学。

他成了戏班崭露头角的英俊小生，我也熬成了戏班的首席乐器师。别人都说，我们是天造地设，俪影成双。

从14岁走到24岁，我们一起走过了十年。多么不容易的十年。

赵宴扬在梨园一角偷偷吻我：“再爱你六七个十年就够了吧。”

我用敲钩锣的槌子敲他的头：“但我怎能知道，何时‘我却抗不来，争无计，眼看马家郎，强夺了卿卿’？”

赵宴扬刮着我的鼻子说：“小生永远爱卿卿。”

那时我还不知道，原来我的快乐是预支来的。

雾月夜抱泣落红

快乐会是永恒的吗？以前我倒是这样认为。至少，五年前我还是这样认为。

这一刻，我穿着素衣，坐在了黄花岗大剧院二楼的后排。灯暗声灭，人声散去，戏台开锣。我看到赵宴扬化着浓厚的小生妆容，文质彬彬地步出戏台。

五年不见，他已经成为梨园戏班首屈一指的台柱小生。他略带沧桑的面孔，掩映在厚厚的脂粉下。灯下，他动作轻盈，眼神炯光，英气逼人。

台旁的奏乐席，首席乐器师的位置，那个若干年前曾属于我的专席，此刻已经由一位俏丽清秀的女子填上。她一边拨弄着蝴蝶琴，一边抬起头看着赵宴扬甩袖，眼里分明带着宁静的笑意。

“我雾月夜抱泣落红，险些破碎了灯钗梦。”听见赵宴扬熟悉而悲怆的唱词，旁边一众年老的粤剧迷轻轻顿足点头，跟着轻哼：“唤魂句，频频唤句，卿须记取再重逢。”

我看着赵宴扬，贪婪地、狠狠地看他，我在心里大声地喊他的名字，用震耳欲聋的声音。良久，最后我想微笑，却发现自己的脸痒痒的。昏暗的观众席上方有暗红的灯光，洒在我的左臂上。左臂上密麻的疤痕，像两只振翅欲飞的鲜红蝴蝶，触目狰狞。

台上这出戏曲叫作《帝女花》，讲的是明末周世显与长平公主亡国时凄美殉情的故事。可惜了这一对伊人。

可是，倘若当年长平拖着一双残臂和世显踉踉跄跄奔走天涯，现世还会有如此一出凄绝的爱情故事吗？

赵宴扬，天水的景色很美，很遗憾当年你没能跟我一起去，很庆幸当年你没有跟我一起去。

我很高兴有人可以温暖他

次日，在前往机场的路上。东风西路堵车，我和小溪乘坐的出租车停在路中，久久不能前行。

我撩开车窗的帘子，安静地看着外面。

突然，隔着马路，再隔着一条窄窄的环城河，我看见了路边高高的石凳上有一对年轻的情侣。女子把双手藏在背后，噘着嘴看着前方，两条腿晃晃荡荡划着空气，她在撒娇。男子满脸笑意地看着她，拿着小勺挖着一杯盒装雪糕，你一口我一口地喂她。男子不知说了句什么，女子侧过头，对他微笑如花。

那个“顾目美盼巧笑倩兮”的女子，是昨晚见到的首席乐器师。那男子，是赵宴扬。曾几何时，也许他曾眉头深锁，可如今，他的眉心已经被那女子用浓浓的笑意抹散。

坐在我身旁的小溪有点儿看不过眼，她伸手把帘子拉上，轻轻地拍了拍我：“还好吧？”

我保持着原来的姿势，依旧隔着蓝色的帘子望向外面，带着一贯的微笑。我慢慢伸出双手，比画着手势。我无声地告诉小溪：“我很高兴有人可以温暖他。”

小溪叹了一口气，转头望向另一端的车窗，低低地说：“张玥，我多希望，如今在他身旁笑着的女子是你。我不知道，当年你的决定是不是正确的。你后悔过吗？你消失的那些年，你知道赵宴扬遍寻不获的痛苦吗？你和赵宴扬，毕竟深爱过十年，当年，兴许他能够接受这样的你……”

我再次伸出双手，在空中做了一个挥手的动作，然后把右手食指轻轻置于嘴唇中间，轻轻摇了摇头。小溪看明白了，我在说：“不要再说了。”

自始至终我一言不发。

你猜对了，我现在是一个哑巴。五年前，我和赵宴扬约好一起出发到天水旅游。临行前，他母亲因意外进了医院。于是，我一个人背着行囊启程。相机里，我照了许多要回来与他一同分享的美丽景色。可回程那天，在通往火车站的路上，我遭遇了一场突如其来几乎覆灭我人生的车祸。车祸没有使我死去，却夺去了我的声音、健康，或者，还有一些其他。原来天水，是我人生最后的秀美。

楼台一别两吞声

2013年，广州荔枝湾大戏台。台上一位老生步履狞狞，正在上演粤剧《山伯临终》。我驻足，看得仿若隔世。

四周围着一群老公公老婆婆，听得如痴如醉摇头晃脑。我站在一群老人家当中，静静地看着。

老生轻轻挥动水袖，悲戚戚地唱：“空房冷冰冰，山伯孤零零。刻骨相思唯有病，一腔恨怨解不胜。”

我转过身，一瘸一瘸走出了人群。

这是广州的深秋，繁花开始飘零。

身后继续传来旖旎的戏文：“人世无缘同到老，楼台一别两吞声。”

不能触碰的恋人

文/似水无痕

午后的双层大巴，阳光和煦地扑在玻璃窗上，宁夏抬起手来，看那些光与影在手指之间缠绕——这一刻的时光就像一柄撬棍，在心里撬开一道缝隙，思念滚滚而出。

1

彼时是宁夏的二十岁，一名生物系大二的学生，喜欢穿有铆钉的鞋子，终日里戴个耳塞听崔健的歌，很文艺女青年的模样。换成现在的话来说，是森女，很小清新。那时候的她疯狂地迷恋着外语系的师哥，总是想着法儿地接近和亲近。

只可惜那师哥身边莺莺燕燕太多，他对宁夏这样的小女孩不拒绝也不接受，乐在其中地享受着被追求、被仰慕。而傻傻的宁夏却觉得还有着大把的希望，因而搜罗他的臭球鞋、臭袜子来洗，帮他抢最热腾腾的红烧肉，在每一个节日的时候送上精心准备的礼物……因为缺钱，她开始在外面打工，也就是打工的时候认识了秦朗。

那个周末她带领着快餐店“上帝”——众小朋友一一跳舞，看谁跳得最棒她就送气球。说实话，她真的很烦这份工作，那些小孩儿又调皮又闹腾，她却不得不当着家长的面竭力面带微笑。跳完舞她开始发气球，小孩儿们一哄而上，连拖带拽，她整个人就被拽得跌了下去。正是这时，穿着一身餐厅工作服的秦朗把手递给了她，扶着她狼狈地站起来。

她揉着自己的胳膊直想骂人，可又不能发作，气呼呼地冲进员工间，用凉水直扑自己的脸。秦朗进来时手里拿着一只气球，他用哄孩子一样的语气说：“别噘嘴了，都可以挂个油瓶上去了，这个拿去玩。”宁夏“扑哧”就笑了，她说：“谁稀罕！”

秦朗也在这里工作，可宁夏觉得他八成是店长的亲戚，因为他不怎么做事，不忙的时候就坐在角落里捧着笔记本看美剧。宁夏可不行，她除了要带那些小孩儿跳舞，还要做炸薯条的工作，忙的时候就使唤着秦朗：“哎，过来帮个忙。”秦朗也不拒绝，把薯条炸得又脆又香，火候正好，而就算店长看见了也不会责怪宁夏，因为这是秦朗自己愿意的呀！

快餐店里都是些年轻人，嘻嘻哈哈几下就熟了起来，宁夏跟大家混得很熟，也跟秦朗混成了拜把子兄弟一样，勾肩搭背不分性别。其实秦朗长得也不错，挺拔的个子，斯文的眉眼，笑起来的时候还有小小的酒窝，他的人缘极好，大家都很喜欢他，因为他真的是太温柔了，从来不会发脾气，对谁都谦虚礼貌的样子，这跟大大咧咧、脾气有点儿冲的宁夏挺不同。

有时候宁夏也想，谁要是嫁给秦朗真幸福呀。可他不是她的菜，她喜欢的是师哥，是那个大众情人一样的大帅哥。

2

宁夏拉着秦朗去逛商场，她在一堆名牌里上蹿下跳，忙得不亦乐乎。那可都是真正的奢侈品，任谁都看得出来宁夏买不起，可她就是面不改色地在导购鄙夷的目光里试穿了一件又一件，穿了每件出来都要让秦朗给她拍拍照。

秦朗低声说："要不选件喜欢的买了吧。"宁夏眉毛一挑："你是疯了还是疯了？最便宜的一件衣服也抵得过我三个月的生活费，我也就是穿着过过瘾。"秦朗说："我送给你。"宁夏偏着头看他，然后一把搂住他的脖子做哽咽状："秦朗，你真是太好了！"

可衣服宁夏还是坚决不买，她其实就只是想要几张照片发发微博。为啥？因为最近师哥跟一土木工程的女生走得很近，她就想也让师哥能关注关注。从商场出来的时候，两个人都饿了，宁夏想去吃小吃，两个人找了小吃街就钻了进去，从豆腐花到熏肉饼，从卤猪蹄到烤鱿鱼，宁夏像个款爷一样在小吃街里指点山河，而身边的秦朗帮她举着各种小吃，温柔恬静地望着她。

她回头的每一眼都觉得愉悦极了，她在师哥面前从来不敢放肆。不能吃垃圾食物，不能暴露虚荣和坏脾气，也不能任意妄为地使唤他。而秦朗，却可以给她一种值得信任、完全放松的感觉。走在马路上，她的鞋带散开了，也会跺跺脚说："秦卿家，替哀家系鞋带。"他笑着弯下身去，白净的后脑勺儿在她眼里很温暖。

3

宁夏看到师哥和那"土木女"一道出现的时候，立刻拦了上去，她捧着她这些日子攒钱买来的古驰钱包说："这是我送你的圣诞礼物。"土木女冷冷地哼了一声说："这是尾单还是高仿？你就别在这里装有钱人了，别以为弄些图片就能成真的。"

宁夏举着钱包倔强地说："这个是真的！我喜欢你也是真的！"

师哥看了她一眼，淡淡地说："宁夏，我不喜欢不诚实的人，以后不要来找我了。"他跟"土木女"扬长而去的时候，宁夏就站在深冬的萧瑟中，把自己冻成了一块冰。

那天她失魂落魄地到餐厅，见到秦朗就哭了，她“吧嗒吧嗒”地掉眼泪，絮絮叨叨地控诉，她把他的袖子扯过来擦鼻涕，连店长也不敢过来招惹她，让她洗干净了干活儿。她太狼狈、太窘迫了，更多是愤愤不平，她对师哥那么好，可为什么就不允许她犯一点点错误呢？何况这错误与道德无关，只不过是小小的虚荣罢了。

秦朗哄着她，哄到店里都打烊了，然后说：“走，送你回学校吧。”宁夏的心情好了许多，她坐在秦朗的自行车后座上时，晃荡着双脚看一盏一盏的路灯从他们身边路过，夜风很静，有微微的花香，她心里那种幸福的感觉又油然而生，她把冰凉的手塞到秦朗的后颈里，他一个哆嗦差点儿没摔下来。她“咯咯咯”像母鸡一样地笑了。

其实失恋的感觉没有持续多久，因为宁夏决定不用师哥的错误来惩罚自己，她恢复元气照样在快餐店里活跃和喧闹。

圣诞节的那天，秦朗给宁夏画了一张藏宝图，让她在店里按图索骥地找她的圣诞礼物。宁夏怀着饱满的心情在餐厅里翻来覆去地找，终于让她找到了一个Chanel（香奈儿）的包包，她开心地蹦起来说：“这仿得可真高级，跟真的一模一样。”

她没有注意到，旁边正喝水的店长，差点儿没喷出水来。而秦朗笑着揉揉她的发：“喜欢吗？”她点头，再点头，抬眼注视秦朗的时候，觉得幸福都要溢出来了。

原来一直以来她都错了，她想要得到师哥的青睐成为师哥的女朋友不过是她的虚荣，能有那样耀眼的男朋友是不是很让人羡慕？可是跟秦朗在一起后，她知道了，喜欢一个人的时候是发自肺腑地开心，是幸福得连做梦也会笑出声。秦朗只是快餐店的服务员又怎样？她喜欢他，他就是她的白马王子。

店里所有人都看出她和秦朗之间有了古怪。吃饭的时候她会嚷着不爱吃排骨，但有人上来抢的时候她把饭盒紧紧抱住，然后夹着排骨蛮横无比地塞到秦朗的嘴里。以前踩着点儿下班的宁夏现在也要在店里磨蹭着，非要等着秦朗走她才走。还有，她凑到他电脑前看美剧的时候，他一扭头她就面红耳赤，忸怩羞涩。他多看几眼，她就慌里慌张了。

店里的人都拿她开玩笑，说她喜欢上秦朗了。她脖子一梗，喜欢就喜欢了，又不犯法！

4

可这不犯法的事儿却还是犯了错。因为秦朗有个女朋友，而且两个人青梅竹马两小无猜。这是她在跟秦朗表白的时候，秦朗说的。

那天他送她到学校门口的时候，她突然给了他一个大大的熊抱，然后甜甜蜜蜜地问："秦朗，想不想亲亲我？"秦朗被震住了，他退了一步，困顿地看着她。他说："宁夏，对不起，我有女朋友。"

宁夏好一会儿没反应过来，然后暴怒地拿起手里的包对他又打又骂。为什么？为什么？为什么？她想要问的是为什么他有了女朋友还要对她好，他不就是挖了个坑让她跳进去吗？他真是比师哥还坏，坏透了！她恨得牙痒痒，回到宿舍就倒下了。

她病了好些日子，一拿出手机来就泪流满面。她想要给秦朗打电话，想得心都要碎了，可她知道她不能这样做。

后来店长给她打了电话，店长说："宁夏，你还有工资不想要了吗？"她一听就热泪盈眶了，她说："店长，我把钱给你，你替我把秦朗收拾一顿吧。"店长叹口气："这俩孩子。"又说："来吧，我有话跟你说。"

店长说的是关于秦朗的。在宁夏痛苦了一阵子后，她终于知道了秦朗的苦衷，他没有什么所谓的女朋友，他只是不能交女朋友。因为他有家族遗传病，脑萎缩。这种病人被称为企鹅家族，他们先是走路不受控制，会经常摔跤，然后就会一点儿一点儿丧失其他的运动功能，最后只能躺在床上让人照料。还有，那家快餐店是秦朗家的，也是他让店长请了宁夏，给了她这样一份工作。宁夏哭得稀里哗啦，她说："他在哪里？我要去找他。"店长说："不用找了，他不会让你找到的，因为他不想成为你的负担。"

后来宁夏毕业了，有了不错的工作，而她依然去那家快餐店里帮忙。她知道秦朗是真心喜欢她的，若不然不会用这样的决绝离开她。而她想要告诉他，是那样的他创造了现在的她，幸福而安宁，快乐而积极。

她从来不后悔遇到他，从来不。

不是所有故事都有一个光明的尾巴

文/狂奔的兔子

不是每个人的故事都能续上光明的尾巴，偷藏在心里的美好，才不会被日晒雨淋，显得那般明目张胆。

三年前，我走进这个班，过道那面有一个扎着马尾的姑娘，回过头看我一眼，嘴角微微翘起，我心里不由得一颤，好像有什么东西在心底盛开了，后来，我知道了她的名字叫白小白。

我在数学老师转过身写板书的空隙瞄向她；我在课间拿着篮球打闹的时候假装无意蹭向她；我在晚自习捧着韭菜盒子被班主任围剿的时候面红耳赤地想着她；我在高考报志愿的时候写字条给她：你嘴角向下的时候很美，就像安和桥下清澈的水。

隔天，我就在网上看见安和桥的水，满是废旧垃圾和塑料瓶，我似乎知道了她迟迟没有给我答复的原因。

蒋蕊小名大丫，是我们胡同里的大姐大，从小长得结实，当我吃的油条被抢的时候，她总像一面墙一样往我身前一横，我那时候觉得，要么我就“嫁”给大丫算了。

大丫说，我是世界上对她最好的人，别人都瞧不起她，可是我不会。她说，我是她最好的朋友。

长大后，我文弱书生的样子反倒成了抢手的对象，当众多女孩往我手里塞情书的时候，大丫也递给了我一枚粉色的信封，里面就一句话：跟我处对象吧，好吗？

我不知道怎样和她阐释爱情她能听懂，索性就给她回：不好。

暑假的时候，我妈打电话说大丫要了我学校的地址和宿舍的电话，要来看我。我扯了电话线在宿舍睡了三天三夜，吃了一箱泡面，一个暑假没敢回家。再回家的时候看见信箱里满满十几封信，下面的落款都是“蒋蕊”。

高考完回家，大丫的妈妈看见我，老远就上来打听我考得怎么样，并告诉了我一个消息，大丫有男朋友了，也是她们技校的……

我突然很怀念小时候大丫像一面墙挡在我身前的日子，我知道，对大丫绝非喜欢，要是有就是歉疚吧。寄出那么多封信始终没有回音的滋味，一定不好受。毕竟，我是大丫在这世界上唯一的朋友。

我开始想象，要多么健硕的男孩能为大丫抵挡住雪雨风霜。我想他俩的表白一定是世上最简单的对话。“跟我处对象好吗？”“好。”可是，谁说简单就不单纯美好了呢？

白小白在我大学开学的时候给我打了一通电话，她问我有没有空去杭州看看她。我和她并肩坐在西湖边，她说要给我讲一个故事。

一个女孩喜欢一个才华横溢的男孩子，那个女孩三年里怎样偷偷注视过那个男孩；怎样在晚自习他捧着韭菜盒子被班主任围剿的时候想站起来帮助他；怎样在接到那个没有署名的字条的时候偷偷盼着写给她字条的就是他。

我忽然记起，原来我偷偷放进白小白书包里的字条没有署名。

我记得再见到白小白时她的目光里藏着焦灼的渴望，只是当时，我为那句“安和桥的水”，羞愧得不能自已。我把指尖朝着白小白的方向挪了挪，我知道，那一刻，只要我的手碰上她的指尖，天空就会划过闪电。可是，我只是动动指尖，在原地画了一个小小的弧线。

我知道，不是每个人的故事都能续上光明的尾巴，偷藏在心里的美好，才不会被日晒雨淋，显得那般明目张胆。只是，如果你在南方某地遇见一个姑娘剽悍得像一面墙，请帮我问问她：“我想跟你做朋友，好吗？”

云烟深处雪茫茫

文／花之痕

女孩的背影是男孩的心跳，男孩的笑容是女孩的期待。

女孩的背影是男孩的心跳，男孩的笑容是女孩的期待。当高中时光一点点流走以后，记住这段岁月的，只剩下男孩笔下一个又一个如精灵般美丽的背影。

水水爱极了北方的冬天，只因那漫天的飞雪。

她是南方的孩子，从来没有见过真正的雪。其实妈妈说，在水水三岁那年也下过一场雪，只是三岁的水水怎么可能知道，又怎么会记得那就是她魂牵梦萦的雪呢？于是水水常常就会对着书里描写的雪景发好大一阵子呆，那里冰雕玉砌的世界多么令人神往啊。

喜欢上那个叫祁盟的男生，也是因为他来自风雪飘摇的北方。祁盟的到来，装点了水水十七岁花季少女的梦。

祁盟是高二下学期才转学来的。他看起来其实并不像是北方人，生得白白净净、斯斯文文，下巴尖削，像是卡通画里的美男子。但他高大的身材却还是显出了身为北方人的粗犷。

祁盟个子高，被老师安排在了水水那一组的最后一桌。水水于是改变了每天从前门进教室的习惯。总是故意从后门走，很自然地经过祁盟的课桌，然后留一个娇俏的背影给祁盟。

水水知道自己的背影很美。

去年暑假的时候，在海边，爸爸曾为她拍过一个看海的背影：着一身纯白的太阳裙，裙角飞扬，还有一头随风而舞的长发，飘逸到极点。这张照片被放大了挂在水水的卧室里，每个亲戚朋友看到了，都惊叹那种出尘的美丽。所以水水对自己的背影有着绝对的信心，她甚至可以想象得出祁盟盯着她的背影出神的模样。

水水就这样一天天地经过祁盟的身边，怀着不为人知的小小心事。可是祁盟是个腼腆的男生，水水似乎从来不见他和班里的同学说话。他仿佛总是沉溺在自己的世界里，有着未经世事的单纯。水水常常见他在本子上涂涂画画，好几次经过他的桌旁，用眼角的余光瞥过去，发现他总是头也不抬地依旧忙着手里的活儿。看来，这个爱画画的男生也许从来没有注意过水水美丽的背影。水水有几许失落，却仍旧固执地一次又一次从他的身旁走过。

如果不是那次意外，不会知道祁盟什么时候才能够注意到她。

转入夏季后，老天总爱变幻诡异的嘴脸，常常会突然下一阵大雨，叫人躲避不及。水水在那个下午上学的途中被淋成了落汤鸡。一身狼狈地进了教室，气咻咻地甩着满头的水，她甚至忘记了她正在经过祁盟的课桌旁。

“呀！”随着祁盟一声叫喊，水水才发现，她甩下的水珠毫不客气地滴溅在了祁盟的画簿上，几处刚着色的墨迹瞬时淡开去。水水不知所措地呆立在原地，看着祁盟微有愠色的脸。但很快，祁盟的怒火马上消了下去，眼前这个水灵灵但又湿淋淋的女孩叫他不忍责怪。他对着水水笑了一下，抽出一张纸巾准备吸干画簿上的水，还未下手，突然他拿纸巾的手改变了方向，径直朝着还停留在原地一脸愧疚的水水伸过来，他说："给！"水水一愣，意外地接过纸巾，不知道该说"对不起"还是"谢谢"，于是，也回报祁盟一个微笑，边擦着满头水珠边回到了自己的座位上。不经意地就回头去看祁盟，这一次，她对上了祁盟的目光，祁盟迅速地低下了头，水水却满足地笑了。

凭着少女的敏感，水水知道，祁盟开始注意她了。有好几次，水水故意转头和后桌的同学说话，眼光就顺带着飘到祁盟那里，她会发现，祁盟的目光正在和她交汇。发现了这样一种默契，水水开始兴奋起来，转头的次数越来越多。但是深埋在心底的秘密依然封存。

那个一贯沉默的男生祁盟有一天突然愤怒了。课间时分，祁盟手里舞着一封信冲进了教室，大声吼着："你们哪个浑蛋拆了我的信？谁？是谁？"从来没有见过他如此歇斯底里的模样，全班同学都被吓住了。水水看着祁盟惨白的一张脸，心被揪得好疼。她呆呆看着祁盟收拾了书包，头也不回地跑开了。她看到，祁盟的脸颊上还有泪痕。头一次看到一个男生的泪，水水的泪也差点儿就要滑落。

到底是谁拆了祁盟的信，没有人知道。但是关于信里的内容很快传得全班皆知。水水不是那种爱打探小道消息的女孩，却也同样听闻了关于祁盟信中的秘密。那是祁盟的妈妈写来的信，信中有的一句话大概是说，祁盟的爸爸在服刑期间表现较好，或许会提前释放。于是谁都知道了祁盟是罪犯的儿子。尽管不知道祁盟的爸爸犯的是什么罪，但"罪犯"这两个字已经足以让人深恶痛绝。

祁盟消失了整整三天。水水每天经过那张空了的课桌，心里也像被抽空了一般。水水很难过，她恨透了那个拆开信封的肇事者。

第四天上学的时候，水水惊喜地发现，祁盟又出现在了他的座位上。这一次，水水经过他的身旁，心跳得比任何时候都快。

但水水渐渐发现，祁盟变得越来越沉默了。一连几次水水转头的时候，都没有再触碰到祁盟的目光。他一直低着头，一直。祁盟怎么能不低头呢，一抬头，那些异样的目光会叫他无地自容，谁叫他是罪犯的儿子？要不是外婆苦苦哀求，祁盟几乎想要放弃学业。这座南方的城市，是妈妈的家乡，但是祁盟同样感觉到了彻骨的寒冷。那个叫水水的女生，祁盟更是不敢看她了，如果她的目光中也有那一种鄙夷，那将会是多么残酷的一件事。祁盟就连哪怕是抬起头看看她的背影的勇气都没有了。

水水觉得自己该做点儿什么了。这个念头是又一次经过祁盟的身边时萌发的。祁盟依旧不停地画着。但水水注意到，祁盟的画笔在水水经过的片刻，有些许的停顿。

水水找了老师，请求让她负责班里同学的信件收发工作。为了让老师能重视，水水只好违心地撒谎说，自己有两封重要的信件一直没有收到。谁相信乖巧可爱的水水也会撒谎？老师于是答应了水水的请求，在班会课的时候宣布让水水担任“班级邮差”。

从那天开始，水水每天都往收发室跑得勤快。每次有了祁盟的信，水水都兴奋异常，压抑住满心的激动，小心翼翼地把信轻轻放在祁盟面前。只是，祁盟依旧没有抬头。水水心想，只要信能平安无恙地到达祁盟的手上，就很好了，他抬头不抬头又有什么关系呢？尽管水水很希望祁盟能再次抬起头来，其实只要他抬头，他就能够看到水水的眼里写着的是关切，而绝非鄙夷。

时间就在水水当邮差的日子中一天天地滑过，为高二的生活画上了句点。

高三刚开学没多久，校园墙报上的一则公告让水水心动了。学校的美术兴趣小组要招收两名女生当写生模特儿。水水知道，祁盟一直是美术兴趣小组的成员。水水很仔细地考虑了一下，当写生模特儿每周只需要抽出一个小时，并不怎么占用时间，再说学校里的写生模特儿又不需要裸露，更没有什么好顾虑的了。于是水水没和任何人商量就偷偷报了名。

面试十分顺利。

水水跟着美术老师进画室的时候，看到了祁盟惊异的目光。水水冲着他微笑了一下。祁盟很快地又低下头去。水水想，反正你迟早都要抬头的，心里便有了一点儿得意。

祁盟自然是要抬头的，水水是他的写生模特儿。一周，一周又一周，祁盟的画夹里有了各种形态的水水：要么是线条柔美的背影，要么是回眸一笑的娇羞，要么是一个凝神远眺的面部特写……祁盟渐渐地就习惯正视水水了，这是一个人如其名的水水的女孩，尤其是她的一双眸子，像一潭深水，纯净而悠远。祁盟在又一次水水冲着他微笑的时候，也不自觉地笑了。

两个月后的一天，老师笑容满面地进了教室，她在班里宣布了一个振奋人心的消息：祁盟的画在省里获得了一等奖。整个班级沸腾了。此刻，祁盟就是祁盟，再没有谁惦记着他是一名罪犯的儿子了。水水在所有同学的欢呼声中甜美地笑了，她回头去看祁盟。祁盟高昂着头，眼里有晶莹的泪光。这一次，他看着水水，没有再回避。他也笑了。

高考一天天地临近。学业愈加繁重得像座小山一样威压过来，人人都有喘不过气来的感觉。水水仍旧无数次从祁盟的桌旁经过，仍旧尽职地当着她的“班级邮差”，仍旧每周一次准时地到画室当写生模特儿。不同的是祁盟，他开始抬头，开始微笑，开始在水水把信件交给他的时候，笑着说“谢谢”。不过一切都仅止于比，谁都没有看出水水或是祁盟的心里有没有什么不一样的想法。

一节自习课上，大家纷纷讨论起将来的志愿。水水听见有人在对祁盟说："祁盟，你可以考中央美院呀。"祁盟说："我会努力。"水水正听得仔细，同桌捅捅她的胳膊肘，问："水水，你打算上什么大学？"水水没想好，便说："我爸妈也许不会让我离得太远，大概就是省师大吧。"其实水水的心里一直是神往着冰天雪地的北国的。水水想，无论如何，都得说服爸妈。

到了高考填报志愿的时候，水水选择了北京。她以为那也是祁盟将会选择的地点。

北上的火车将要启程的时候，赶来了气喘吁吁的祁盟。祁盟说："水水，你多保重。"说着，他递过来一个厚厚的大本子。水水还没有来得及再和祁盟多说几句话，火车已经开动了。水水从窗口探出头去，含泪看着祁盟和自己的爸妈逐渐变成了三个小黑点，直至消失。

水水翻开那个厚本本，一页一页地看下去，泪就流了出来。每一页画的都是水水的样子，尤其是水水的背影，足足占据了大半本。翻到最后一页，是祁盟的话，他说："水水，我以为你会留在省里，所以我报了省美院。水水，你对我的好我一直都懂，你仿佛是一场南国最纯美的雪，净化了我的心灵。等着我，明年我再考中央美院。到时，我想陪着我最心爱的女孩一起去看雪，你愿意吗？"

水水笑着抹去了泪痕，把本子紧紧抱在胸前。北国的雪啊！水水在心里默念着，转头看向窗外，她仿佛看到了一场雪下得正欢，大朵大朵的雪花飞旋飘落，雪地里祁盟牵着她的小手，走出了好远，好远……

我用一瞬间爱上你，却用一生来找到你

文/陆琪

少女柔柔依依，身若无骨，看起来抱着琵琶都要喘息。可手指一拨弦，那身上便有豪侠之气，仿佛仗剑行天下，路遇不平事，便要十步杀一人。

1

二十世纪八十年代，林筹出生在一个江南小镇，镇子上只有一所小学和一所中学，所以全镇的孩子，几乎都是同学。

学校虽然不大，却是县属正规中学，每年都要搞全校的文艺会演，选出最好的节目，再送到县里去演出。既然是小镇，所以演出无非就是唱歌跳舞。林筹一样都不会，年年都在下面当观众。

就在高二那年，他看到了人生中的“天使”。

偌大的舞台上，只放了张凳子，一个穿着雪白裙子的少女，旁若无人地坐在那里，抱着一把许多人都未见过的琵琶。林筹那时，自然不知什么敦煌的飞天舞，却也略通白居易的《琵琶行》，于是被那一袭白裙给镇住了。

台下一片喧嚣，少女目光如刀，昂头横扫台下。顿时，一片哑然。少女深吸一口气，整个人的神采，仿佛都集中在了长长的指甲上。

“铮”！一声弦动。却不是婉转惆怅的烟雨江南，也不是上古高雅的《高山流水》，弦动如钩，铿锵相击，是一阕《将军令》。

少女是江南特有的少女，柔柔依依，身若无骨，看起来抱着琵琶都要喘息。可手指一拨弦，那身上便有豪侠之气，仿佛仗剑行天下，路遇不平事，便要十步杀一人。

林筹便在那一瞬间，爱上了这个少女。一曲毕，台下掌声雷动。林筹却泪流满面。

2

少女叫杨蓓儿。据说是杭州人，因父母援疆工作，所以临时来小镇借读一年。

林筹虽搞清了杨蓓儿的情况，却不知该如何接近她。

林筹开始给少女寄不署名的小卡片、小书签，上面用左手写满自己杜撰的酸诗。林筹也就在那时，学会了写诗，甚至在学校里组织了第一个诗社。

不知少女收到那些卡片时，是什么样的表情。

杨蓓儿的教室，就在学楼的顶层。每次林筹在操场上踢完球回来，都能看到杨蓓儿倚在栏杆上，无言地看着远处。林筹便朝着楼上挥舞下手指，没人知道他是在和谁打招呼，只有阳光随着落叶，打在他身上。

如此过了一年，眼见着杨蓓儿借读的时间快过，林筹终于把所有卡片上写的诗，抄录成一本诗集，想在杨蓓儿生日那天送给她，然后做最后的表白。

那是一个红色封面的作业本，林筹给诗集取了个名字叫《白衣集》，通过杨蓓儿的一个同班同学送过去。

没想到，就是那一日，杨蓓儿没有来学校。而之后，她都没来上过学。

后来才知，原来杨蓓儿的母亲提前回杭，她的借读学业就此中断。林筹的诗集，再也没有送出去过。

3

杨蓓儿从此失去踪迹。那时候连固定电话都是稀罕物，更没有其他联络方式，一个人失联了，便再无办法。

林筹苦思冥想了很久，终于想到一个自以为是的方法。至少，他知道杨蓓儿是在杭州。至少，他知道杨蓓儿是学了十年的琵琶。所以林筹做了个决定，他要改考艺术生，他要考去杭州的艺术院校。

那时候的林筹很天真，他总以为全天下的艺术学校只有一所，只要学了艺术，就可以和杨蓓儿考进同一所学校。那时候，林筹已经高三了。高三时临时改学艺术，而且是个毫无基础的小镇学生，简直就是天方夜谭。但他铁了一条心，死活赖在琴房里不肯走。花了快有半年的时间，居然真的让他练成了一手不错的琴技。

艺考时，林筹考上了当时的浙广校，也就是现在的浙江传媒学院。

进了学校，他才晓得以前的想法是何等可笑。杭州可不是小镇，几百万的人口，艺术类学校有几十所，每年的学生好几万，想要在其中找到杨蓓儿，简直如大海捞针，更何况，人家说不定考到别的城市去了。

林筹几近死心，大学两年，便在浑浑噩噩中度过。到大三时，他写剧本作业，把自己的故事写了进去。不想被老师拿去排成了话剧，一时轰动全校。

浙广校里的女生们为林筹的单恋相思而疯狂，她们组织了后援团，想要掘地三尺，帮林筹实现夙愿。群众的力量果然是无穷的，她们还真的找到了杨蓓儿一个学琵琶的师妹，这才晓得，原来杨蓓儿高中毕业后，就去了美国进修。

原来如死灰的心又复燃了，林筹升起了新的希望，他又开始拼命地读书、练琴，目标只有一个，那就是大学毕业后，考去美国进修音乐。

他用了三年时间，甚至大学毕业后，还有一年是边打工边苦学，终于拿到了有限的奖学金，勉强成行。

4

在美国，林筹学了六年的钢琴。

后来进了百老汇，十二年，名噪一时。但他再也没有听到过杨蓓儿的消息。

他一生再没恋爱过。

5

林筹五十多岁时，以著名旅美音乐家的身份回国。他在北京和上海都开了钢琴独奏会，赢得疯狂追捧。

再回杭州，到了现在的传媒学院，给学弟学妹们讲自己的故事。林筹已经可以很豁然。当学弟学妹们听到他是为了一个女生而学音乐时，满堂哄笑。这时候，林筹就会想起那个白衣胜雪的杨蓓儿，抱着琵琶，安坐在台上，骤然昂头，目光如刀，横扫全场，便是一片哑然。

但他做不到这样，只是微微笑着，宽容地看着大家的笑颜。到散场时，一个扎着马尾辫的小女孩跑过来，说：“林老师，我妈妈就叫杨蓓儿啊。”

林筹：“是吗？”

小女孩：“不过我妈可不会弹琵琶。从美国回来后，她就一直当英语老师。”

林筹：“同名同姓而已。”

小女孩：“那是当然了，我妈的情人必须是我爸啊，她还老看年轻时我爸写给她的情书呢，一张张小书签小卡片，上面歪七扭八写满酸诗。”

林筹眨眨眼：“真好。”

小女孩笑着跑去。

林筹用手指尖摸摸自己的手背：“真好。”

此生最急与你相遇

文／晕宝

女孩子呆呆地站在房间中央，房间四壁上贴满了白色的纸张。纸上写着不同的话语，却有着相同的几道纸飞机折痕。

你真是太让人失望了

池缓缓一辈子最缺的东西，大概就是“缓缓”了。在妈妈肚子里时就蹦跶着要出来，于是早产；比其他同龄孩子更早学会走路与说话；从小学开始连跳三级，成了全高中年龄最小却成绩最好的学生。

这样鲜衣怒马，自然招了很多人的眼。那天，缓缓刚进教室，就突然发现自己的课桌旁多了一个人。前排女生转过头来，幸灾乐祸地跟她说：“你早自习没来不知道，这是新转学来的尹陌同学，一看就很会学习的样子。缓缓，你第一的名头可能危险喽。”

男生似乎有些胆怯，轻轻地向她颔首示意。他的模样很平凡，眼镜遮掉大半张脸。缓缓看他一眼，挂起疏远的笑容，跟前排女生说：

“多劳费心。”

女生一脸憋屈地转了回去。事实证明，她是多心了，因为这位新转学来的尹陌同学，很快就在接下来的摸底考中拿到了全班倒数第一。

班主任找完尹陌，又把缓缓叫去，她心不甘情不愿地应下了帮助同桌的重任。可惜明明晚自修给他补习时他还一副认真聆听的样子，可一旦做起题来，他又写不出一个完整的公式。真是让人失望透顶。

他在努力，只是慢了一些

十一月份的随堂测验结果出来，缓缓照样满分，而尹陌只有32分。班主任发完考卷，说学校布置了新任务，各班必须有人在放学后负责打扫图书室。因为是耗时耗力的工作，所以没什么人愿意去，最后人选很快被大家敲定为池缓缓，谁让她成绩好最不需要时间学习？

班主任有些尴尬：“每次都是缓缓……不如再让一位同学一起去吧？”

“就让最后一名跟缓缓一起去打扫吧，”有人起哄，“就当是拖后腿的惩罚！”

同桌的男生似乎愣了一下。缓缓瞥他一眼，心里更沉重了。其实他已经在努力了，只是慢了一些。缓缓突然从座位上站起来，大声说道：“不必了！我一个人可以。”

等到早课结束，尹陌低低地对缓缓道：“谢谢。”缓缓冷淡地哼了一声：“我只是讨厌跟慢性子的人一起做事。”

缓缓其实很喜欢图书室。窄小的一间房里放满书柜，隔壁小小的阅览室有座位。夕阳透过落地玻璃窗照射进来，带着陈旧而温煦的气息。这里的书还是最古老的那种借法——最末页有一个纸质的长方形小袋子，装着借书者的名单。缓缓把一些没摆好的书一一归位，有一本书借书单突然掉落。她弯下腰捡起，发现最后一个名字，赫然是尹陌。缓缓有些不解，明明是连数学公式都不能好好理解运用的男生，却会看夏目漱石的《我是猫》这么深刻的著作。这与她眼中的他的模样完全不同，也因此，令她对他无比好奇。

缓缓看了一会儿，轻柔地收好书，走回图书室。推开图书室的门，缓缓一怔。原本还有些凌乱的书册已经被收拾起来，借书台上干干净净，仿佛是被什么人打扫过一样。

心底的温暖

缓缓第一次注意到尹陌，是她在图书馆值日的时候。一班打扫旧图书室的任务结束，将由二班接手。她最后一次去值日的时候，带走了一本《无人生还》。翻了几页，心里突然冒出一个念头，便悄悄起身向藏书室走去。

隔着厚厚的玻璃门，她看见有一个人正在将桌上散落的书册收拾起来。那个人是尹陌。

缓缓站在那里，只觉得胸口突然感觉很温暖。因为那个神秘的、善良的、有些笨笨的尹陌。生活还在继续，尹陌大多数时间还是像从前一样，安安静静地听课、认认真真地听她辅导。只在缓缓偶尔欣赏的目光中，将头垂下来，深深埋进书堆里。学期末，尹陌终于摆脱了倒数第一的命运，成为班级中下游的一员。而缓缓依旧是年级榜首，完全不能被任何人动摇。

那个字迹，他认得出来

入秋开学，各个社团的活动突然开始举办起来。缓缓本人就被排球社男社长纠缠了几次，最后无奈地加入了排球社。第一次社团活动，她抄小道从教室走向操场，发现小路正对着图书室的窗户。从打开的窗户望进去，可以看到空荡荡的阅览室，尹陌正静静地看着书。

她突然冒出一个促狭的念头，转身回到教室。撕下作业本上的一张白纸，飞快地写下几个字，然后叠成纸飞机，跑回阅览室的窗前，使劲儿往里扔去。

飞机跌跌撞撞地擦过男生的肩头，掉到地上。尹陌弯腰捡起来。他轻轻地展开飞机，上面有一行娟秀的小字：你认真看书的样子超有魅力！到底谁在恶作剧？还是……他望向窗外，空无一人。

她没有直接告诉尹陌自己是“纸飞机戏弄事件”的始作俑者，她总是在去参加社团活动时携带一只写好字的纸飞机。可是，她不知道，尹陌可不是傻瓜，那字迹，他认得出来。

他关上了他们之间的窗户

在缓缓完全没有意识到的时候，有一种流言突然开始在校园里蔓延。女主角是她，男主角却不是尹陌，而是排球社的男社长。校园都在盛传她和排球社男社长在一起。

晚自习的铃声响起，她照例抽出课堂笔记给身边的男生讲课。可他淡淡地拒绝了。理由是他的成绩已经从中游到中上游了，甚至在年级前五十也有了一席之地，不需要缓缓每天给自己开小灶了。

缓缓再要同他搭话，尹陌却已经把头埋进他的书堆里。她明显感觉到了他的疏离。

那天，社团活动时间一到，她避着人撕下纸，然后想了想，写下一行字：最近是不是有什么让你不开心的事情？叠成纸飞机揣在怀里。

兴冲冲地跑到小径，她愣在那里。图书室的窗户，关上了。她知道这不是疏忽，因为那个人还坐在那里，静静地捧着一本书。举着纸飞机的手颓然地垂下，缓缓背靠着窗户边的水泥墙，发不出声音。而室内的那个人，整个社团活动的时间，都停留在同一页书上。

我好像喜欢你

自从没有了补习与纸飞机，缓缓和尹陌之间的交际变得很少。高三来临，缓缓被分到了理科班，尹陌则去了文科班。高考前的摸底考试，尹陌考出了一个极其漂亮的分数，位居全校文科生之首。三个月后，他们都在高考考场上交出了一份满意的答卷。

高中毕业后，最后一次回学校，分班前的班主任叫住她：“缓缓，我这儿有一本书，是以前尹陌在课上看的时候没收的。你能不能帮我带给他？他家离你家不远。”她鬼使神差地应了下来。赶到老师给的地址时，尹陌不在。他妈妈热情地请缓缓进去，让她在尹陌的房间稍等。

少年踩着一地夕阳回到家时，母亲告诉他：“有个叫池缓缓的同学来了，我让她在你房间等着……”话音未落，少年已快步跑到自己房间的门前，一把拉开房门，却已太晚了。女孩子呆呆地站在房间中央，房间四壁上贴满了白色的纸张。纸上写着不同的话语，却有着相同的几道纸飞机折痕。

他窘迫地倒退了一步，却突然被拉住了衣角。女孩子含着眼泪，轻轻地颤抖着对他说：“尹陌，我和排球社长没什么，我好像有点儿喜欢你。”

错失在白衣飘飘的年代

文/姜阳

我多想在白衣飘飘的年代里，有一个人伸出手对我说，“今后的路，我们一起走。”

我可以喜欢你吗

小禾字写得不好看，一点儿也不好看。小禾读书的时候是自卑的，终日只会在教室的角落里啃厚厚的小说。除了有零落的稿费单偶尔落到她的课桌上以外，没有一个人在意她。

有不少陌生的同龄人从远方寄信给小禾。她一一回，用心把字写得一笔一画，生怕对方看不清楚。可几乎看了她的信的人，都不会再写第二封信给她。只有骆向阳。

骆向阳在距小禾很远的小镇读高三，不太像个好孩子。他写第一封信给小禾说：“你的文章如清风扑面。”小禾听多了这样的夸赞，一点儿也不觉得奇怪。但小禾还是很用心地回了信，把字写得一笔一画。

一个星期后，骆向阳的信落在了小禾的课桌上，轻盈得像一只过路的蜻蜓。骆向阳写道：小禾，你的字虽不算漂亮，但怎么看都像一个乖巧的小姑娘用心地在纸上刺绣，一字、一标点都看得出你的心在上面行走。

没有人知道这个看上去并不优秀的男生，却让小禾第一次觉得哪怕图书馆的小说延缓还书日期，也要写好看的字和厚厚的信给他。没有人愿意浪费时间去猜测原因。他们偶尔会注意角落里那个安静的女生，却也是眼神异样，表情淡然。

骆向阳的信来得很频繁。他的手比小禾的手还要灵巧。每次都要把信叠成不同的形状。骆向阳告诉小禾，是因为有很多女孩叠各种各样的情书给他，他不喜欢她们，却一一收下，只是为了学会折叠各种各样纸的形状，然后寄给她。小禾有些感动，甚至有些不知所措。但转念就会告诉自己，或许人家只是随便讲讲。有时候小禾会将视线从信纸上偷偷转移至班级里那个优秀的男生身上，这男生同样也被许多女生喜欢，甚至在最初的最初，她也曾悄悄地就着落寂的月光给这男生写情书。不知从什么时候，小禾再看到这个优秀的男生，便在心底默念骆向阳的名字，然后无措地想象着他是否也这般明朗。

小禾将骆向阳的来信一一编了号。若干年后，回望来时路，将编了号的信一一看过去，定会发觉青春原来这样微薄，或许，青春里的名字，只有一个，便是骆向阳。

骆向阳有一次在信里问小禾长什么样。小禾看着信，一朵泪花不自觉地盛开在了信纸上。骆向阳再三要求小禾寄照片过去，小禾莫名有些生气，不但不寄，却连着两封信没回给骆向阳。

小禾长得不算漂亮，但也不算难看，是那种行走在学校里极少有人注意到的平凡女生。可小禾确实希望自己平凡到没有任何人注意。

在最美好的年龄，小禾却要的这么简单。只要简单的喜欢，哪怕只是一点点，哪怕没有永远。

于是，小禾特意选了条长裙去了学校附近的照相馆，选了蓝天碧海的背景，双手背在身后，羞涩而明朗地笑着。可是，在她还没将夹有照片的信投进邮筒的那个下午，骆向阳的信再一次飘至她的眼前。

骆向阳说，一连都没收到你的信，以为你忙，就没好意思打扰。连同泛着淡淡香味的纸张滑落的，却是一枝玫瑰，红得耀眼，虽然是剪下的，但是，小禾像是看到了骆向阳，倚在墙角，周边是女孩钦慕的目光，而他，沿着玫瑰的脉络，一点点，一点点，专注地为她“采摘”，贴着玫瑰的纸张背面，是骆向阳一向刚劲而落拓的字，写着舒婷的《致橡树》。每一行，都看的小禾的眼睫边缘摇曳起一颗颗打湿的露珠。

玫瑰的一侧，骆向阳写道：小禾，真正在意一个人，外在的东西并不重要。最后的最后，写着：我可以喜欢你吗？

她是不是他的公主

夏天过后，骆向阳没被大学录取，他毫不犹豫地选择了西安。只因为，那是小禾梦想抵达的城市。

骆向阳写道：小禾，你等着我，我会给你幸福。落笔的语气里充满甜蜜的笃定。然后在信里，用笔描述着他眼中的钟鼓楼、大雁塔。偶尔也会说：长安路上总会有漂亮女孩如风一般掠过，这么多漂亮的女孩，却没有我想要的那个，小禾你知道吗？小禾开始质疑上天是不是真的对她过于眷顾，爱情怎会来得这样简单？小禾小心翼翼地试探：骆，听说西安有著名的小吃街，记得带你喜欢的女孩一起去哦！骆向阳没直接回答她，只说：小禾，我想快些找到更好的工作，挣更多的钱，那样我就能在你毕业后接你来西安时，给你满满当当的幸福了。

毕业并不是遥遥无期，在周边同学纷纷揣着简历开始穿梭于大小人才市场时，小禾却总像个做错事的小小孩儿，每一步都走得小心翼翼，生怕别人有意投射给她异样的眼光。班里那个优秀男生，因为优秀，总比他人来得容易，早早找到了不错的工作，走起路来比天鹅还要高傲。王子就应该这样吧？生着俊朗的外貌，有着不错的事业，身边还有异性的青睐，或许，生活中的骆向阳也会真的如此。小禾想，要不就等着王子来接吧！只是，他是她的王子，她是不是他的公主呢？

小禾仍会写信给骆向阳，时间不固定，长短也不固定，只要想起他就会展开信纸，让心事在上面温柔地蔓延。

好长一段时间，骆向阳没写信给小禾。小禾期盼的心多少有点儿难过，会不会陪女孩去小吃街了？小禾看着街边掠过的女孩洁净的面庞，会想如此优秀的骆向阳的身边，就应该有这样好看又出众的女孩。怎么也不会轮到她的。

直到收到骆向阳的信，小禾不忍不敢也不舍得动手拆开，她害怕这是最后一封，看了以后就再也没有机会读到骆向阳的字。

可是，当她拆开，信封里如同当年收到玫瑰时一样，滑落出来的是薄薄一张，不同的是，这次是从她的城市抵达西安的火车票。骆向阳整整加了一个月的班，只为送小禾一张抵达幸福站台的车票。

重要的东西在内心断了线

小禾写给骆向阳的最后一封信是这样的：以后我不会再和你联系了，因为我按你信中的要求到达了西安火车站的出站口，我看到了穿着蓝色T恤的你，这根本不是我一直喜欢的你，就这样永远说再见吧！

骆向阳再写信，却是查无此人，悉数退回。骆向阳这时才发觉，这么多年，他与这个早在他心里扎根的女孩，除了信件，再没其他的联系方式。

骆向阳哪里知道，小禾根本没去西安。她只是回了趟老家，她要告诉父母有人要带她走了，她不管这个人怎么样，也不管二老怎样阻拦，只要能跟他走，怎么都可以。可是，母亲最后的话却伤到了她一直都努力掩藏的痛楚。母亲说："你以为他见面后会真的喜欢你吗？他喜欢的只是文字里的你，而不是现实生活中的你。"

可是骆向阳是小禾青葱岁月里唯一的名字，她不想轻易放弃，更不舍得一笔抹去。小禾忍住内心的阵痛，一次次和父母商量、争执、忍让，却怎么也学不会妥协。末了，父母把她锁在屋子里，只说一个理由给她：再也不愿眼睁睁看着自己的女儿受伤，不管是心，还是身。

小禾像一个落难的公主，写了最后的信给骆向阳。与其说因现实被迫决绝地告别，不如说是她要抱着最后的希望试探他，如果他像她一样懂得争取，哪怕现实中的他像她一样，她也会跟了他去。

可是，后来证明，骆向阳并没有任何的争取。他只是如小禾一样写：这是最后一封信了。不同的是，他还有一句：对不起，我没有资格爱你。

小禾哭了整整一夜。她一直记得这句话："没有资格爱你。"

从此，好像有什么重要的东西在她内心断了线，心里那扇门就永远掩上了。

错失在白衣飘飘的年代

很多年后，小禾除了写小说，就是用声音通过电波讲述一个又一个凄美的爱情故事。有一天，她在众多的听众来信里看到了这样一封信。信上写：听你讲了《致橡树》那么多版本，可我觉得只有你和他的故事最感人。我是他要好的同学，其实他是一个有些自卑的人，是你的信指引他一路走了下去。他说要带你去梦想的城市，要照顾你，要把他一生的幸福都给你，你不知他有多努力。当年你写信和他告别时，他有按着邮戳寻找你家的地址，可是他快要到你家的路上却出了车祸，右腿被截肢，后来就再没有了消息……

小禾握着信纸忽地柔肠百转，泪珠再一次像那年收到骆向阳信封里的玫瑰一样，大颗大颗地掉落。他不知道，她来西安这么多年，她从来没有敢去吃过一次小吃；他不知道，那张车票她一直夹在当年写满青春里唯一一个异性名字的日记本里；他不知道，她的右手因为6岁那年被严重烫伤而留下了终身残疾。青春年少，在那最需要被异性注目的年纪，那么多的人，只有他说她在尽力写却仍是歪歪扭扭的字像在纸上刺绣，像是心在上面行走，只有他说："我可以喜欢你吗？"尽管是在4月1日。

当然，小禾也不知道，那一年，骆向阳按信中所说，他真的在西安火车站出站口等了她。只是他没有按信中所说的穿蓝色T恤。那天他穿了白色的衬衫，只因为，是那篇文章让他认识了小禾。文章里写：我多想在白衣飘飘的年代里，有一个人伸出手对我说："今后的路，我们一起走。"

从北楼看见你

文／木儿

我们的爱情在频繁的通信和聊天中开始慢慢地萌芽和生长，每一个阶段都令我无比欣喜。

我一直深深爱着站在北楼凝望我的女孩，却没机会表白。当我千方百计从网上找到她，并和她成为恋人后，我们约定再到北楼重温旧梦。可当我们再见面时，我才发现她根本不是那个我魂牵梦萦的女孩。虽然是个误会，可我也不想说破。

学校的文科班和理科班是分开在南楼和北楼上课的，两栋教学楼隔着窄窄的小路，遥遥相望。

那一年我上高三，繁忙的功课和沉重的升学压力是生活的全部内容，那时候身边所有的人都过着同样紧张的日子。我常常从堆积如山的课本中抬起头来，觉得自己的眼睛酸疼，然后就站起来到教室外面的走廊上，随便看看风景，缓冲大脑的疲惫。

我经常在同样的时间看见对面南楼文科一班的走廊上一个穿白裙的女孩，手托着下巴，安静地看着投射在栏杆上白杨树叶子斑驳的影子。那些影子在她的身上晃啊晃的。

我们好像很默契的样子，每天中午都在教室外面站十几分钟，每一次我都是看着她甩甩长发转身离开，她的长发像瀑布一样。然后我也回到自己的座位上继续那繁重的学业。

学校为了缓解复习压力，在一个阳光灿烂的下午组织了整个高三年级的篮球赛，这也是我们高中时代最后一场正规的篮球赛。

我们班的对手是文科一班。

文科班的男生很少，勉强凑足了人数上场以后很快被我们打得溃不成军。就在我一个漂亮的三步上篮之后，我看见了那个白裙飘飘的女孩，她还是长发如瀑的样子，和另外一个女孩一起站在不远处白杨树的树荫下，安静地看着这场比赛。

我看到她的时候，有三秒钟的时间大脑停止了思维。

一起上场的男生叫我："你怎么了？怎么突然变傻了？"

我回过神来，对着他抱歉地笑，我说："太阳太刺眼了。"

后来整场球我打得心不在焉，到最后结束的时候我们仍然以很大的优势获得了胜利。我一直在寻找那个穿白裙的女孩，我听见有人叫："韩梦，韩梦。"她和她身边的女孩回过头去，然后三个人一起离开了操场。

我独自站在刺眼的阳光下，默念着她的名字：韩梦。这是一个和她一样美丽安静的名字。

再后来按照固定的程式学习、模拟考以及最后的高考，我的高三以我最终考到了上海的大学而辉煌地宣告结束。当然，同时结束的也包括韩梦，我不知道她考得怎么样，考到了哪里，是否符合她的理想。这些我都无从知道，毕竟我们只是完全陌生的两个人，甚至她也许根本不知道我的存在，不知道北楼上每天中午会准时出现一个男生，不知道这个男生心里的秘密。但我却清楚，其实是这个叫韩梦的女孩，陪我度过了高三的最后一个学期。

那年秋天，我离开小镇，来到了上海。

在上海念书的日子和往日有了很大的不同，身边的同学来自五湖四海。一时之间很难找回高中时那样无阻无碍的友谊，城市的繁华也赋予了上海女孩独有的气质，在她们中间更多地充斥着物质的气息。所有这一切都使我分外地怀念我的高中时代，还有那个白裙飘飘、长发如瀑、会安静地看着白杨树叶影子很长时间的纯真女孩。

我一直非常非常想念她。

终于在大三一个泛着浅浅秋凉的傍晚，我在电脑前呆坐了一段时间之后，打开电子信箱开始给韩梦写信。我写下她的名字，然后敲下一个冒号。透过那两个美丽的字我仿佛又看见了她当年安静的样子，安静地看树叶的影子，安静地站在树荫底下，这些场景像流水一样缓缓地从我心底流过。

但我什么也说不出来，我只是简单地写："我还记得从北楼看见你的样子，你还好吗？"

然后我在收信人地址上写下了以她名字拼音命名的邮件地址，我并不知道她的任何消息，包括她的信箱地址，我只是猜测。也许我只是想把这种藏在心里三年的感情说出来，她是否能够收到已变得不那么重要了。

在我按下"发送"键的时候，觉得如释重负。

我想，如果能够一直把一个人放在心里三年，一定是有原因的。

那么结果就让这封信去替我寻找吧。

信发出后，一个月都没有收到任何回信。我有些失望了，我想也许这就是结果吧，从来没有过开始，也就无所谓结束。我说过，我只是想把在心里堆积了三年的感情说出来，至于韩梦是否知道已经不重要。而这个目的已经达到。

于是有很长一段时间我不再去收信，我上网和室友打MUD（多用户虚拟空间游戏）。我以为在虚拟的世界里和对时间毫不吝啬的浪费中我可以渐渐淡忘韩梦，她只是我年少时的一个梦而已。我知道了原因，也得到了结果，于是终于能够放下。

直到有一天，我在MUD里见到一个女孩子，她的ID（账号）也叫韩梦，我觉得自己在刹那间大脑一片空白，像回到了三年前那个阳光灿烂的操场看见韩梦的瞬间。

我问她："韩梦是你的真名吗？"她说："是的。"我又问："那你高三是不是念的文科？"她也说："是的。"我再问："你还记得每天中午你都在教学南楼看树叶的影子吗？"女孩终于否认了，她说："不是啊，我们学校高中部只有一栋教学楼。"她说："你是不是要找人啊？"我说："是啊，我以为你是。"我突然被巨大的失望噎得说不出话来。

然后我从MUD里悄无声息地退出，呆坐了很长时间以后终于重新登录信箱去收信，原来我根本不能够忘掉这个名字的。

在信箱里我突然看到了一封信，这封我等了很长时间的信，它安静地躺在我的信箱里，明亮的蓝色和粗粗的字体都在提醒着我它的真实性，我握着鼠标的手都有些颤抖。

"我去深圳实习了一个月，一直没有机会上网，回复迟了，希望你不要见怪。"韩梦说，"我还记得学校南楼文科一班门前的那个栏杆，我和最好的朋友沈语一起在上边刻下了我们的名字。高三的时候，我和沈语都喜欢趴在栏杆上看下面的风景，有时候看着白杨树的叶子都能发好长时间的呆，呵呵，高三的日子枯燥得有些可怕。"

末了她问："你怎么知道我的信箱？"

于是我开始和韩梦通信，我们聊高中的学校，聊南楼和北楼中间那条窄窄的小路，当然也聊到最后的那场篮球赛。韩梦说："我还记得你三步上篮投进的那个球，动作是那样流畅，那时我和沈语都站在树荫下，虽然我们班输了，但是那场比赛是我看过的最精彩的。"

我想韩梦一定是上天特别赐给我的女孩，否则不会经过三年我们还能在茫茫人海中再次相遇；否则她不会到现在还记得我投球的姿势；否则我不会冒冒失失地发信给自己猜测的地址而恰好被她收到。我想这不是碰巧，不会有这么多的碰巧，这应该就算是注定的吧。

在此之前我和韩梦应该算是完全陌生的两个人，但是在我们聊天和通信的时候没有感觉到丝毫的陌生，好像是相交了很多年的朋友。我想也许是因为我们每天中午都能够隔着小路遥遥望见彼此的原因吧，是真正的心灵相通，所以就胜过了所有的言语。

有一天下线的时候我突然觉得恍惚起来，我始终想不起韩梦的样子。在记忆里只有白杨树叶斑驳的影子，她飘啊飘的白裙和瀑布一样的长发，这么多年了，原来一直清晰的只是她的名字叫韩梦。我始终忘不掉的只有一个名字。

我们的爱情在频繁的通信和聊天中开始慢慢地萌芽和生长，每一个阶段都令我无比欣喜。我知道这才是我要的结果，也是很久以前就注定的结果：我爱上了韩梦。

以前三年的所有情感，不过是一种想念，那时我们对彼此一无所知。而现在，虽然隔着电话和网络，我却能清楚地知道她的一切，可以想象出她的一颦一笑，可以告诉她我的想念，而不必理会我们中间是否隔着沉重的压力和一条窄窄的小路。这样的感情，才算是爱情吧。

韩梦的每一封信都被我保存在一个特定的文件夹里，文件夹的名字就是韩梦。以前看到这两个字的时候觉得那是一个虚幻的梦境，而现在，这两个字却是那么真实和美好，仿佛触手可及。

韩梦说："把你的照片发给我好吗？我好像已经忘记你的样子了。"

我把自己的照片扫描给她，韩梦感叹说："你好像没有变，还是高高大大、英气逼人的样子。"她叹了一口气说："而我在这三年里，好像已经变了很多。"

我说："不管你变成什么样子，你在我的心里一直是美好的，还是长发飘飘的样子。"

韩梦说："我早在大二的时候就剪掉了长发，现在的我留着一头短发，上次沈语看见我都吓了一跳。"

我微笑起来："我只见过沈语一次，就在那次篮球赛上，你们站在一起。"

韩梦说："沈语是个很可爱的女孩，也是长发，不过她的发质比我的好，看上去像瀑布一样。"

韩梦说："今年暑假我要回家，我们在南楼的文科一班门口见面好吗？"

那年暑假我提前回到了小镇，每天都盼着和韩梦相见。我已经无法想象出短发的韩梦是什么样子，是变得活泼了还是依旧安静。但是这些都没有关系，因为我爱这个女孩，所以就能够接受她的一切。

在韩梦没有回来之前我就去了原来的学校，当我站在北楼的教室门口望向被白杨树叶影子斑驳覆盖的南楼时，三年前的往事一点点地涌上心头，觉得很平静。我一直舍弃不下的原来是最初的心情，那时我只是单纯地喜欢那个白裙长发的女孩，而只有现在，我才真正懂得爱的含义。

我在心里说了很多遍，我爱韩梦。已经脱离了当初青涩的年纪。

在一个雨后初晴的下午，我接到韩梦的电话，她说："我现在在学校的南楼，想象你当年站在北楼的样子。”

我放下电话就往学校跑，看到熟悉的校门时心情非常轻快。远远地看到南楼上站着一个穿白裙的女生，我已经忘记了她的样子，但是我想我仍然能够一眼把她认出来。

跑到楼下的时候迎面走来一个长发的女孩，她的头发仍然像瀑布一样光滑。我看着她大脑突然陷入了一片空白，然后我吃惊地听见了自己的声音，我清晰地叫出了她的名字：韩梦。

长发的女孩子回过头来，她的气息是我曾经熟悉的，虽然已经有些淡忘，但这一刻却突然像电光火花一般照亮了内心。

她看着我微笑，说：“你就是韩梦在楼上等的人吧！”她的微笑还和当年一样安静，然后她说，“我下来买点儿矿泉水，我是韩梦的好朋友，叫我沈语好了。”

我看着她突然愣住了，所有的记忆一刹那全部没有了头绪，我陷入了无措的慌乱中，慌乱中有件事却渐渐清晰起来：三年前，我搞错了她和韩梦的名字，所以这么多年来我一直想念的韩梦，实际上却是沈语。而我阴差阳错爱上的，却不是这个当年站在栏杆旁看白杨树叶影子的女孩，而是从未留意过的韩梦！

沈语并不知道我在想什么，她轻轻地说：“我听韩梦讲了你们之间的事，很羡慕你们三年以后还能联系上。”她叹了口气，“以前我和韩梦都爱在下午课间的时候趴在栏杆上聊天或者发呆，中午的时候韩梦要回家，我就只好一个人待着，那时北楼有个男生也会在相同的时间出现。”

沈语的语气渐渐变得惆怅，她说：“我一直很希望再见到他，但是我想也许没有机会了。”

然后她笑了，她说：“我们没有你们幸运。”

我本能地想告诉她其实我就是那个在北楼出现的男生，但是我很快地冷静下来。我想我应该遵从自己心底的选择，因为我在心里早就明确过，我爱上的人是现实生活中和我通信聊天的那个无比真实的女孩，而不是年少时站在南楼上那个遥不可及的女孩。尽管我现在已经知道了事情的真相，但事实依然如此。

我向沈语点头微笑，什么也没有说，然后转身上楼。

三楼文科一班的门口站着一个身材修长的俏丽女孩，一头妩媚可爱的短发。她转过头来对着我微笑，雨后放晴的夕阳洒了她一身金黄色的光芒。

塔里以南，木河以北

文/短发女生

神秘流淌的塔里木河，无论它是向南还是向北，始终坚定地在我们看不见的地方流淌着，不是吗？

“林加遥，我说你仰着头到底在看什么啊？整天神秘兮兮的。”郭子川问。

我揉揉已经酸胀的脖颈，狠狠地瞪了他一眼。我暗自庆幸郭子川没有洞察我的秘密。我一直望着的，是小镇唯一的一座影楼，影楼的老板兼摄影师是一个叫塔理的少年。我是在一个天气阴沉的下午骑着单车经过河边的时候遇见他的。当时他抱着相机坐在桥栏上望着昏暗的天空出神，他的背影镶嵌在逆光的夕阳里，渲染成一幅落寞的画面，而后我每天故意经过河边希望能遇见他。

我跟郭子川说塔理一定是个有故事的人，他说：“我觉得唐雨更像是个有故事的人。”唐雨是影楼的平面模特，跟塔理关系非常密切，就连影楼宣传册上用的都是她的照片，让不少女孩羡慕。

夏天在最后一场春雨中姗姗来迟。我酝酿许久后走进了梦想已久的裙子店。就在我取下一条鹅黄色的裙子对着镜子反复比量时，老板走过来告诉我，这条裙子已经被别人预订了。正说着，唐雨走了进来："老板，我来取裙子。"

我看见唐雨吃力地抱着一箱的衣服走了出去。于是，我追上她："把箱子放到我单车后座上来吧，我帮你送过去！"

我们到影楼后，唐雨告诉我，这些衣服都是从裙子店租来的，影楼最近打算推出写真集的优惠套餐。也因此我结识了塔理。后来，他们想不出套餐的主题，我提议道："不如就叫'盛夏之遇'吧。"

"主题很切合这个季节呀。"他微笑着说。听到他的肯定，我开心极了。

影楼的活动正在紧张的筹备当中，我便自告奋勇跑去帮忙，我们渐渐熟络起来。

"盛夏之遇"取得了很好的效果。平日安静的影楼渐渐热闹起来。一天中午，塔理约我去影楼，说为了感谢我，想帮我拍一套写真集。我在路上看见一个戴着面具的小丑在派发传单，声音很像郭子川。

我摇了摇头，心想：郭子川这么爱面子，怎么会派发传单呢？那天，我们忙活了很久才拍完写真。

得知塔理要离开时，小镇已是一树繁花了。我又一次站在小镇的街道抬头仰望连玻璃都泛着光芒的影楼。郭子川半路跳出来劫了我的单车："单车借我，我去影楼帮唐雨搬点儿东西。"

郭子川把我送到小镇的奶茶铺里，我正犹豫着要不要过去帮忙，抬头看见唐雨朝我走来。她笑着坐在我面前说："郭子川说怕你闷，硬是要我来陪你。"

她看着我的眼睛说：“其实我很早之前就知道你，当时你在影楼对面的街道跟郭子川打闹，那时我就想，这个女孩真有意思，连孩子王郭子川都让你三分。”

那天唐雨跟我说了很多，她告诉我她也要离开小镇去学摄影了。她还给我塔理帮我拍的写真集，我翻到最后一页，眼眶不由自主地滚烫起来。那是一个推着单车在河边踢石头的少女。

郭子川来接我回去的路上，我忍不住拍拍他的肩膀：“那套写真集的钱，是你用帮影楼派发宣传单赚的钱付的，对吧？唐雨都告诉我了。”

郭子川停下车，用他一贯揶揄的语调说：“你不会因此对我有非分之想吧？要知道喜欢我的人多到可以从地球排出银河系的啊。不过我可以考虑考虑让你插队。”

这算是告白吗？我笑着没有答话。不过我相信，不管是塔理和唐雨，还是我和郭子川，我们都会在以后的岁月里走得坚定，一如神秘流淌的塔里木河，无论它是向南还是向北，始终坚定地在我们看不见的地方流淌着，不是吗？

『江珊』如此多娇

文/荆纯

有的时候说再见，也是正确的选择……

念奴娇

那是一个季风过境的下午，学校食堂的广播里，响起播音员悦耳的声音。高二（3）班的江珊坐在饭桌前，听着校园午间电台正在播放的广播稿——一篇女主人公和自己同名同姓的校园小说。播音员在朗读完整篇小说后，适时地插入了一段画外音：“同学们，刚才广播里播放的这个故事，是笔名叫念奴娇的同学的最新来稿。他说这个故事是他的亲身经历，而故事的女主人公江珊，就是我校高二（3）班的江珊同学！他还说，为了能再见到江珊，他拼命地学习，终于考到了这所重点高中……”

这时，食堂里已经乱成一团。江珊拿筷子的手开始颤抖，她把头压得低低的，生怕被人认出来。

就在大家都在谈论那个念奴娇是何方神圣时，从食堂的大门口突然走进来一个留着凤梨头，穿着一身重新剪裁过的白色修身小西装，打扮很中性的瘦削少年。

他缓缓扫视着食堂里的座位，很快就来到了江珊的身后，突然猛地拍了她的后背一下，大声说："江珊，我终于找到你了！"

江珊的脑子瞬间短路，光听声音她就知道身后的少年是谁。周围的人顿时议论纷纷。少年毫不在意大家诧异的目光，而是径直坐在江珊旁边，拉着她的胳膊，用让所有人都起一身鸡皮疙瘩的声音说："江珊姐，我终于考上了！我是专门来找你的哦！"

江珊痛苦万分地抓了两下头发，站起来扔下筷子大吼："陆英豪！你能不能不要这样？你都纠缠了我快六年了！你不累吗？"

陆英豪微微翘着兰花指笑着说："不累，反正不管你到哪儿，我都跟定你了。"

江珊听得身上的鸡皮疙瘩掉了一地，皱着眉头厌恶地说了一句"真烦人"，就独自回教室学习去了。

巧克力

陆英豪看着江珊的背影，回忆一点儿一点儿涌上心头。故事发生在陆英豪童年的时候。他上小学的时候父亲病逝了，从此以后他只能跟着奶奶生活。原本幸福的家庭旦夕间坍塌，陆英豪变得自卑、敏感。

学校组织去游乐场游玩时，没有同学愿意和陆英豪结伴而行，他一个人挂着鼻涕孤零零地落在队伍的末尾四处张望。突然，远处发免费巧克力的"灰太狼"吸引了他。

奶奶的救济金少得可怜，任何零食都是奢侈的。于是，他立刻挤进人群里可怜巴巴地说："灰太狼，给我一个……"

灰太狼将手中的巧克力一块一块分发给周围的小朋友，当轮到他时，“灰太狼”已经两手空空了，陆英豪顿时委屈地蹲在地上哭了起来。

此时，一个穿着漂亮白裙子的女孩，将她手上的巧克力递给陆英豪。随后女孩便转身离开了，离开前陆英豪瞥见她胸前佩戴着的校牌，上面写着：鸿光小学五（3）班，江珊。她竟然和自己同校？

因为一块免费的巧克力，一直沉浸在孤独中的陆英豪想和那个叫江珊的女孩做好朋友！一番辛苦打听后，陆英豪知道她比自己高一个年级，成绩名列前茅。于是他便主动接近她，不再在乎任何人看他的目光。其实，就连他自己都不确定是否喜欢江珊，但有一点可以肯定，那就是不管她怎么对他，他都不会离开她……

被转学

时间一天天地过去了，陆英豪每天都缠着江珊。直到……直到陆英豪胳膊上突然出现了黑布。他原本漂亮的丹凤眼变得红肿，整个人就像一朵蔫了的花似的郁郁寡欢，脸上没有了平日的笑容。江珊知道，陆英豪的奶奶去世了，他唯一的亲人也离开了他。

整整一天，江珊都没有看到那个随时有可能蹿出来烦她的身影。好几次，她望向教室门外，期待看到陆英豪。可是，他始终没有出现。不知道为什么，江珊突然感觉有点儿烦躁。

放学之后，江珊便迫不及待地冲出教室四处寻找陆英豪的身影。她找了好久，终于在学校的天台上找到了他。他倚在栏杆上仰望着天空，机械地啃着饼干。江珊在天台门口望着陆英豪，却又不知该如何安慰他，只能远远地注视着他。

江珊最后一次见到陆英豪，是在高三的开学典礼上。散会后，陆英豪拦住了她，神神秘秘地说：“江珊姐，跟你说件事啊，因为我的成绩一直在下滑，所以要去别的学校读书了，转学手续已经办理完了，从明天开始，我就要去别的高中生活了。”

江珊感觉心里一紧，想说什么又说不出口，眼睛有些发酸。陆英豪第一次充满男子气概地冲江珊潇洒地挥挥手，然后大步离开了……

新姐姐

陆英豪不知道，当年他管灰太狼要巧克力的时候，妈妈正牵着江珊的手，偷偷地躲在旋转木马的后面。只短短的几秒钟，江珊便见到了两个人的泪水。先是陆英豪没有拿到免费巧克力，坐在地上号啕大哭。然后，她看到妈妈突然捂住脸，眼泪顺着指缝流出来。

“对不起，我的孩子……”妈妈泣不成声。

那一刻，不知道为什么，江珊的脑子里只有一个念头：她再也不要看到新妈妈的眼泪，也不要再看到那个小男孩的眼泪！于是她拆开爸爸从国外带给她的名贵巧克力的包装，快步跑到陆英豪身边，将巧克力递了过去……

江珊不能跟陆英豪说，她是他的新姐姐，她的新妈妈就是他的妈妈。于是她默默地下定决心，要用姐姐的身份一直守护在他身边。

这天放学后，江珊刚走出校门，一个叫程立雪的女生找到她，程立雪自称是陆英豪的新同学。她走过来对江珊说：“自从转学去了普通高中以后，陆英豪就像变了一个人似的，不愿和任何人说话，也不再愿意笑。其实，他一直很脆弱。和陆英豪好好谈下吧！”

江珊低下头说：“我……有一个不能和他在一起的理由，他是我的弟弟……程立雪，请你帮我好好照顾陆英豪。”

守护他

江珊回到家的时候，桌子上已经摆好了可口的饭菜，穿着围裙的女人小心翼翼地问：“那个……陆英豪……”江珊微笑着答道：“他很好。”

穿围裙的女人如释重负，连连点头：“太好了，谢谢你，江珊。”

江珊拿起碗，一个劲儿地往嘴里扒饭。自己现在的妈妈也就是陆英豪的亲妈妈，因为陆英豪的爸爸在体检中被查出了胃癌，所以就故意让妻子误会自己，然后迫使她离开他，不愿再连累她。陆英豪的妈妈直到嫁给自己的父亲后，才意外得知了前夫的良苦用心，而那时陆爸爸已经去世了。她唯一能做的，就是承担陆英豪和奶奶的日常生活费用。这深深感动了江珊，所以她决定和妈妈一起守护陆英豪，陪伴着他长大。

或许，这才是最好的结局，有的时候说再见，也是正确的选择……不然，要她怎么向他解释，她“抢”了他的妈妈呢？

手机提示音响了，江珊拿出手机，竟然是陆英豪的微信留言——

江珊，人家已经全都知道了啦！程立雪全说了！姐姐，我不会再去缠着你了，我要努力学习了，等到我有足够自信的时候，再去找你，还有……咱妈！

江珊放下手机，不自觉地笑出声来：“陆英豪，你这么唠叨，你妈知道吗？”

第四章 我的爱情，不可复制

暗得轰轰烈烈

文/高雨晴

暗恋都是这样，悄悄地开始，又静静地结束。但恋过，便无法替代。

我初中时喜欢一个男生。暗得轰轰烈烈，真真切切体会到暗恋的甜甜酸酸。

首先，得装出不在乎他的样子。或是女孩子问起你喜欢谁，打死也不承认喜欢他。又或是当你和他的绯闻传出来时，表面上气愤地说：“哪个浑蛋乱说？”其实心里感谢死了那个“浑蛋”。

这些应该是一部分女生经历过的情节，但我喜欢的男生，和其他女生关系很要好，而且我跟那个女生关系还很好。

那时支撑我继续暗恋下去的就是，他不喜欢她，是真的不喜欢。作为一个极其敏感的人，我是能看出来的。男方很明显是反应迟钝，女方却早已表态，可惜他只是拿她当朋友。

暗恋迟钝的男生不容易啊。但是我依旧会在做操做到“急转运动”时侧身瞄他两眼；路过他身边时不经意地碰他一下，这被我当时定义为“身体接触”；或者是跳大绳时我俩刚好在一起跳也会觉得很开心。

更加可喜可贺的是，初三最后一个学期时，我俩成了前后桌。

他的同桌早晨一来由于什么原因被班主任训了半天，然后老师让他的同桌坐在我后面。他同桌也真是条汉子，宁死不从。班主任只好自找台阶：“那行，×××，你去坐那儿。”然后，他就来了。

当时我还不知足地心想，他要是当我同桌就好了。一直到前几天刷微博，看到这样一句话：“这世间最美好的距离，就是前后桌。”

那年的艺术节，我被音乐老师选为电子琴独奏，上台的时候，得把琴搬到候场区。当时电子琴外面套着琴套，琴套上还挂着电源什么的，连着琴搬起来还是有点儿吃力的。

可当我正准备咬牙拖琴的时候，他突然走了过来：“我帮你提。”还没等我做出反应，他一手提起，然后大踏步走了。如果他这时回头，就会看到我正两眼呈“桃心状”地望着他。没有什么比男生帮女生提东西更能增加男生对女生的好感度了。

我觉得他在慢慢喜欢我。当然只是，我觉得。

那时他是我们组的组长，也不过就是收收作业的小差事。有一次我没交给他，早晨一来就交给另一个组长顺带。他跑来问我：“喂，为什么不给我啊？”我说：“都一样啊。”他突然大声地说：“不行啊，你是我的！”方圆两张桌子的同学都转过身来起哄。令我和我的小伙伴惊呆的是，他没有解释。我真的觉得他在慢慢喜欢我。我在初一时性子很软，有次我发本子，正忙着找人呢，突然脚下一绊直接摔了个全身贴地，而且姿势类似于“大”字，疼是当然的，然后就听到有笑声，我慢慢爬起来，看见一张坏笑的脸说：“对不起啊，绊着你了。”

我本想一走了之，可是一个女生突然跑来温柔地问我：“怎么了，没事吧？”我的眼泪“唰”地就下来了，我本来不喜欢在别人面前哭，谁知那个女生大声对绊我的人吼：“你看你把别人弄哭了。”这下全班同学都知道我因为摔了一下哭了。有几个人过来安慰，然后我很没出息地哭得更厉害了。

就在这时，他的声音出现了：“喂，你，快道歉。”“我凭什么道歉？是她自己不长眼睛。”我隔着一层泪水看到他提起那个人的衣领说：“你有本事再说一遍。”好像，就是从这一瞬间开始的。后来，他很多次类似的镜头都被我贴上了“他喜欢我”的标签。但其实这怎么能算呢？这只是男生对于女生的一种保护，就像男生怕女生的眼泪一样。这种浅显的常识，我很久以后才知道。

生活依旧继续。

有次上体育课，他在操场上踢足球，我在看台上跟女生边聊天边抽空瞄他两眼。

前一眼还踢得挺热乎，再看时只剩他一个人在那儿踢，只见他一脚将足球踢得老高，落下时又一脚往高踢，有点儿像踢毽子。我实在忍不住笑了，他竟然看见了，盯着我也笑了。周围女生瞬间捕捉到这一细节，嬉笑着说：“你俩关系不错嘛！”我“哈哈”两声：“哪有？”就这么闹到毕业，我跟他没在一个高中。

后来关系就淡了。虽然生活总在继续，但总感觉少了点儿什么。也许，暗恋都是这样，悄悄地开始，又静静地结束。但恋过，便无法替代。

原谅时光没有忘

文/桥边红药

感激那些年的自卑，让一个女孩子有了改变的动力，有了成长的决心和对优秀的渴望。

惹不起，躲也躲不起

排座位坐到俞薇薇身后时，秦桑雨觉得五楼的阳光温暖得刺眼。俞薇薇像戴着珠冠的王后，在光芒四射地“普度”众生时，秦桑雨仿佛是最受恩惠的人。老师点完下一个名字，路少扬面带微笑地坐在秦桑雨身边时，她终于明白什么叫“众月拱星”。没错，路少扬是月亮，俞薇薇也是月亮，甚至是在月亮上抱着白兔有倾城倾国美貌的嫦娥。可是秦桑雨是颗星星啊，还是一颗“土”星。当周围同学向秦桑雨投来艳羡的目光时，秦桑雨真想挖个地道逃之夭夭。俗话说：“惹不起，躲得起。”

是的，俞薇薇很漂亮，这样高挑而骨感的女孩子，白净的皮肤有着婴儿的柔嫩，一双微笑的眼睛似湖水清澈见底。路少扬已经拔节地长过了所有男生，成为班里的珠穆朗玛峰，帅气阳光，最重要的他是这个重点班的第一名，秦桑雨何德何能占尽如此地利？就算秦桑雨阴差阳错地成为女生中个子最高的，可是她穿粗布做的衣服，一口标准的家乡话，长长的麻花辫无精打采地垂在身后。男生不想她坐在俞薇薇身后，女生不想她坐在路少扬旁边。秦桑雨刚想站起跟老师调座位时，俞薇薇转身一笑："桑雨，最后一排的空间很大吧？"秦桑雨一愣，随即点头，然后将头深深地埋下去。自己有多胖她最清楚，除了坐最后一排，别无选择。

可是这样的座位无形中给秦桑雨平添了很大压力，原来惹不起，躲也躲不起。

唯有少年不曾笑

有时候想想，秦桑雨觉得自己很幸运。重点班的分数线她刚刚超过一分，像打擦边球，在这个40人的重点班排第39名，俞薇薇是第40名。但俞薇薇的成绩远达不到重点班的分数线，可是听说她有一位政界要员的父亲。也就是说，秦桑雨才是重点班如假包换的最后一名。

秦桑雨的数学很不好，经常读三遍题目还是大脑空白到没有一个解题思路，更别说举一反三。有时候听着数学课就迷迷糊糊地点头，和周公悄悄约会。常常在路少扬的胳膊肘轻轻推过来的时候，数学老师的粉笔头也准确无误地砸过来。秦桑雨蓦地站起，脸"唰"地红过了苹果，大家哄堂大笑。秦桑雨低着头不说话，她知道这样很不对，可是真的控制不住自己。

晚自习开始之前，路少扬拿着笔记本，一脸严肃地说要给秦桑雨补习数学。秦桑雨赶忙把头摇得像拨浪鼓，说实话，虽然天天和路少扬同桌，但几乎很少说话。大多时候是听路少扬和俞薇薇讲话，听他们说路遥，说列夫·托尔斯泰，说金庸也说张爱玲。路少扬突然这么热心地帮助自己，秦桑雨竟本能地拒绝。可是这个好看的少年郑重地问秦桑雨，是不是不想待在重点班，不想考重点高中了？秦桑雨想了想，没有说话，但是乖乖地听路少扬给自己讲数学题。她记得每次大家哄堂大笑，尤其是前面的俞薇薇笑得花枝乱颤时，唯有身旁的路少扬，这个少年不曾笑。这已是莫大的鼓励和足够的保护。

第一次抬起头

隔壁班的男生追俞薇薇时，总是每天早自习没下课就站在门口，买好了豆浆、油条、火腿，有时候是蛋挞、牛奶。每天都变着花样，无比坚定。秦桑雨不知道俞薇薇是否真的喜欢那个男生，却总是见她乐呵呵地接过早餐，昂首挺胸地走回教室。最初的几次她总是转身对着路少扬问秦桑雨：“桑雨，你胃口好，要不帮我吃点儿？”还翘着细细的兰花指笑盈盈地递过来。秦桑雨依旧赶忙摇头，随即将头深埋下去。在俞薇薇面前，她一直都觉得自己像个女仆，胖壮劳作的女仆。

女仆和王后是有天壤之别的。

秦桑雨没能力一瞬间改变太多，她只能更努力地学习，用掉很多脑细胞去研究一道几何题，吃很少的饭慢慢地把胃口缩下来。她记得路少扬给自己讲题时，细长的手指骨节分明，俊朗美目，轮廓坚毅。自己熊掌般的大手就藏在衣兜里，连伸出来算道数学题的勇气都没有。好在功夫不负有心人，两次月考后，秦桑雨的数学成绩明显扶摇直上。路少扬称赞秦桑雨时，考倒数第一的俞薇薇哭得梨花带雨。

在一向骄傲的俞薇薇面前，她懂得只有在成绩上，可以不那么自卑。秦桑雨勇敢地抬起头，这是她第一次迎着路少扬赞许的目光没有躲闪。

一个镜花水月的故事

路少扬突然搬到前面和俞薇薇做同桌后，隔壁班的男生再没有出现在秦桑雨的班级前。秦桑雨记得漂亮的俞薇薇伤心哭泣的那天，路少扬站起来安慰她，这个少年明明是手足无措，只能不停地说：“别哭了，别哭了。”可是效果相反，俞薇薇的眼泪像开了闸的水龙头，更加关不上。路少扬很着急地红了脸，他说："我帮你补数学。"

俞薇薇真的不哭了。每天课间及晚自习前休息的时候，秦桑雨总能听到路少扬耐心讲题的声音，像特有的声波好听地传过来。秦桑雨就像是一只蝙蝠，专门收集这道声波。不同的是，蝙蝠依靠声波找到了方向，秦桑雨却在路少扬给俞薇薇讲题的声音里，撞得不分东南西北，她根本学不进去。俞薇薇的数学成绩没有太大起色，但班里关于路少扬和她的流言蜚语铺天盖地而来时，秦桑雨已经搬到教室西南角的最后一排，一个人拥有了一方宽阔的角落。

她什么都没有，没有俞薇薇的漂亮和显赫的家世，没有路少扬的聪明和优异的成绩，甚至没有城里同学的一份光鲜衣着。路少扬给自己补习数学的那段日子一度让秦桑雨内心快乐起来，充满希望，充满阳光，她甚至想就这样幸福地坐下去，坐到高中，坐到大学，坐到地老天荒。可是，所有的一切都只是一个镜花水月的故事，一个秦桑雨讲给自己的故事。

路少扬不坐在身边了，他不给秦桑雨补习数学了。可是中考依旧要来临，秦桑雨只能更努力地学习，用自己的力量去拼一片蔚蓝的天空。

那个时候的你

黑色的六月就那样策马扬鞭一阵风似的呼啸而过，秦桑雨没有考上省重点高中。站在红色的公布栏前，看着路少扬第一名的位置，秦桑雨懂得距离有多远。没有告别，没有眼泪，没来得及怀念，高中的快节奏生活成了一切主题。原来三年，竟快得这样悄无声息。很多时候坐在大学校园的梧桐树下的长椅上，秦桑雨都会想起那段时光，刻骨铭心的时光，掺杂了太多的酸甜苦辣。

大一的时候初中同学聚会，全班同学"齐刷刷"就位。席间路少扬特意绕到了秦桑雨对面，他说："嘿，姑娘，你瘦了。"俞薇薇也一起走过来，她说："桑雨，你变漂亮了。"大家一起说起那段日子，时光流逝带走了年少的幼稚。路少扬说：“桑雨，那时候你很害羞，却很要强；数学不好还总是犯困，我帮你补数学你却懒得伸手算题；总是低着头不说话，其实你鬼点子也挺多吧？”俞薇薇拉着秦桑雨说：“那时候特别羡慕你的淡然，那么胖却总是无所谓；跟班里最优秀的男生做同桌却还是爱理不理的样子，你说那时候的你得有多清高？”

秦桑雨和大家一起笑着低下了头，那时候的自己，每天都想着瘦一点儿再瘦一点儿，皮肤白一点儿再白一点儿，连头发都再软一点儿。看着前面的俞薇薇，不停地在心里期许明天的明天自己也会那样漂亮。即使在面对俞薇薇的友好邀请时，都敏感地拒之于千里之外。那时候内心默默地喜欢路少扬，拼命地学习数学，做一堆一堆的卷子。因为自卑而刻意和路少扬保持距离，远远关注已是心底的幸福。很多时候回忆起那段时光，都觉得自己是一个可有可无的角色，路少扬和俞薇薇把持了剧本的主调，他们的光芒足够让舞台明亮，哪怕这是自己的剧本、自己的回忆。不如索性忘记，忘得一干二净。

原谅时光没有忘

所有后来认识秦桑雨的人都说她很漂亮，足够优秀；以前认识秦桑雨的人有了绝对改观，如此稳重大方的女孩，那些年真是深藏不露。像是满足了秦桑雨的愿望，那段时光终究不被人提起，终究改头换面，连带着自己都要遗忘。可是当路少扬和俞薇薇再次提起那段时光时，秦桑雨忽然感到很感激。

感激那些年的自卑，让一个女孩子有了改变的动力，有了成长的决心和优秀的渴望。是年少的喜欢让自己学会寂寞等待，学会破茧成蝶，那没说出口的喜欢像凉去的茶水，有幽香却再不能入口。

秦桑雨庆幸他们都记得，记得那时候的自己，那时候的黯淡，那时候的天空，那段日子她也会想起，却也曾努力彻底忘记。而现在，她原谅谁都没有忘，尤其时光没有忘。

第三个耳洞的故事

文／原地等你

这辈子穿过耳洞的女孩，下辈子还会是女孩。

曾经有个女孩告诉我：“这辈子穿过耳洞的女孩，下辈子还会是女孩。”说这句话的时候，她的左耳上已嵌着两枚耳针，在黑夜中闪着玄妙的光，但右耳上没有！

她的名字叫夏，是个古怪的女孩，总穿着白色的T恤和宽大的牛仔裤，坐在教室里离我不远的地方。有一次，她突然转过头来，眼神直接迎着我的视线，没有任何的迟疑和羞涩，然后侧着脸，轻轻地笑了。我从此记住了她的笑容——十七岁女孩才拥有的那种天真的笑容。那种天真惹人怜爱。

以后我们便相识了，于是总会看到她天真明亮的笑容，还有她那左耳上的耳洞，上面漂亮的耳饰是永远看不透也看不尽的风景。我很喜欢这样的她，仅仅是她的笑颜！那时候，我已经有了女朋友，叫扬。是一个没有耳洞的女孩，但她说她喜欢看到其他女孩用漂亮耳饰点缀精致的耳朵。

我是校广播站成员。后来我策划了一档校园节目，是关于耳洞的话题。有许多女孩子打进热线来讲述自己的耳洞。有一个我熟悉的声音也在那里响起：“我很爱很爱一个男孩，但是我不会让他知道，也不可以让他知道。所以我为他穿了第三个耳洞，并且让它空着。我想有一天，当第三个耳洞愈合时，我会遗弃所有的爱，离开他。他就像我的耳洞，是我生命中无法躲藏和隐匿的缺口，却永远不是出口。我无法停止，我只能向前。”我想每一个人都会轻易地被这样的女孩感动。“谢谢你，同学，请问你的名字是？”“我叫夏。”果然，第二天，我在夏的右耳上发现了第三个耳洞！

后来夏和许多男孩恋爱过，每一段恋情结束时，夏就为自己买一对耳饰，说是一种纪念。她说：“我只有一次爱情，我知道它是要枯萎的，所以在它盛开的一瞬间我就把它掐断了，我已经不会再有爱情，但是我无法抗拒温暖，即使它再短暂，再单薄。”我说：“夏，你不可以这样，他们都是无辜的，你对他们不公平。”“这世上有公平吗？比如我爱你，而你却不爱我。难道这公平吗？——对不起，我只是开个玩笑。”

夏大学毕业后去了日本，走之前，我们通了电话。我问她什么时候回来，她说也许一年，也许十年，也许永远也不会回来了。她对我说：“郁，真奇怪，为什么我的第三个耳洞一直都没有愈合？我已经无法忍耐这种等待的煎熬。所以我决定用空间和时间来填补它。”

夏走后两个月，我决定和扬结婚，扬和夏完全不同，她将是一个好妻子，我会爱她，我们将会幸福……

我和扬的婚礼将近的时候，我收到从日本寄来的邮包，里面有很多耳饰，我明白，那是从夏耳朵上摘下来的，它们失去了灵性，不再闪着玄妙的光。还有两封信，其中一封这样写道——

郁先生：

这是夏的所有耳饰，也是她唯一的遗物。我们不明白夏对你怀有什么样的感情，她说她对你从来都不曾抱任何希望和奢求。但是始终无法忘记你。她是个很可爱的女孩，任何人都会被她的纯真所感动，可是为什么你不可以呢？作为父母，我们希望她能淡忘过去。重新快乐地生活下去，但太难了，因为她爱的人要结婚了！

几天前，她说她要见你一面，只是去看一下就回来，但飞机刚出跑道就发生了爆炸……

事后我们整理了她的房间，发现了这一大包耳饰，以及一封没有寄出的信，是写给你的，虽然我们知道这种事情无法强求。我们还是把这些寄给了你。就算是我们的私心！做个纪念吧！

节哀！

夏的父母

我毫不掩饰自己的眼泪，这是我没有料到的结局。夏在我身边待了四年，我曾经那样迷恋她的笑颜，却从不曾爱过她，原来这个世界真有它的不公平。

我又看到夏幼稚的字体，孩子般任性的天真——

郁：

我是一个很坏的女孩，做了太多的坏事，欺骗了太多的人，我唯一做过的好事，就是曾经那么痴心和真心地爱过一个人，如果这也算好事的话，看，我的耳洞都是为你而穿，如果有一天，你也像我一样被爱情遗忘，你会了解现在的我有多心伤。如果真的有来世，我愿意再遇见你。即使你不爱我，我依然爱你……

夏

我无法自制地瘫在地上，泪流满面，原来我并非仅仅依恋她的容颜，她是一种气息，已经渗进我的生命，无法再被抽去。我把自己关在家里整整五天，第五天的时候，扬来了，问：“婚礼还举行吗？”“是的，而且马上。”我说。

因为我不愿也不能再辜负这第二个女孩了。我想我会爱她，我们将会幸福。

一年后，我们有了一个男孩。

时间过得真快，一晃孩子大学毕业了，那天他把女朋友带回了家，我和扬都很高兴，女孩子很漂亮，笑容天真无邪，惹人怜爱。

“伯父，伯母好，我叫夏！”

我一愣，手里的烟掉在了地上，扬看了看我。

女孩很热情地跑去厨房帮扬的忙。谈话隐隐约约地飘出来。

“为什么你的耳洞是空的？怎么不戴耳饰？”

“我对耳饰有排斥感，从小就这样。”

“那你为什么又去穿耳洞呢？”

“母亲说我出生的时候，右耳上就有一个耳洞，真奇怪。”

“郁，如果真的有来生，我愿意再遇见你，即使你不爱我，我依然爱你。”夏的声音在我耳旁久久回响着……

初恋和九十九个芒果

文／新鲜旧情人

北方又是春天了，候鸟又要飞回来了，电视里也每天都说地球会变暖，那姚望，他还会飞回来吗？

1

姜绚还真是会享受，打一盆温水，捧一杯花茶，一边泡脚，一边品茗。楼下的姚望可急坏了，爬到花坛上对着女生宿舍的窗子拼命地喊：“姜绚，快点儿把脚洗了把水喝了，我在下面等你呢。”女生宿舍全都笑翻了，后来传得整个班里的人都知道了，谁遇见姜绚都会来一句：“洗脚水，今天你喝了没有？”姚望也知道错了，每天拎着一大袋子芒果站在女生楼下翘首张望，一天一天，芒果都烂了，姜绚还是不肯理他，他只好坐在花坛上啃那些烂芒果，胸口一阵一阵地堵得慌，也不知道是胃里难受还是心里难受。

其实姜绚不是因为“把脚洗了把水喝了”那件事情生姚望的气

呢，是因为她最近迷上了另一个男生，第一次在学校门口的便利店看见他的时候，他瘦得像个发育不良的孩子，梳着一个发胶过多的朋克头，一件大红色的T恤，大肥裤子，别提多酷了！

姜绚问了好几个死党，都说不认识那个男生。不是本校的，那一定是外校的，离姜绚的学校最近的就是“××大学”了，于是姜绚就每天跑过去等，可是等了很久都没有等到。姚望又买了新的芒果站在女生楼下等姜绚，他不知道姜绚是不是又在泡脚或泡茶，又不敢再喊，就一直等，他坚信自己一定能够等得到，因为姜绚最喜欢吃芒果了。

2

女生宿舍全都知道姜绚最喜欢甲壳虫了，姜绚收集了许多广告招贴，还去网上下载甲壳虫图片做手机屏保，有女生觉得姚望每天站在楼下好可怜，就偷偷告诉他这个秘密。于是那天上数学课，姜绚一打开抽屉，就有一只好大好大的甲壳虫从里面爬出来，长长的触角，黑乎乎的翅膀，吓得姜绚一下子哭了出来。

老师查了很久才查到是姚望放的，老师问他为什么要搞恶作剧，他说：“因为有同学说她喜欢甲壳虫呀。”班里的同学又笑翻了，姜绚说：“我是喜欢甲壳虫汽车，不是这个大黑虫子，笨蛋。”姚望难过极了，他爬到学校的后山坡找了很久才抓到这只虫子，手臂和脸全被密密的羊齿草和山茶树划破了，谁知道，却把姜绚吓哭了。

班里讨厌的男生一看见姜绚就会喊：“姜绚，快点儿把脚洗了把水喝了，你的大黑虫子汽车在下面等你呢。”姜绚讨厌死姚望了，他怎么这么笨呀？可是姚望还是每天站在女生楼下等她，她就只能趁他不注意从后门跑掉。有一次不小心被姚望看见了，她跑啊跑啊，就撞上了一个人，他就是姜绚等了很久想要等到的那个人，他刚好从便利店出来，袋子里的芒果被撞散了一地。姜绚慌忙帮他捡，可他却头也不回地走掉了，姜绚就捧着一堆烂芒果难过地站在街边。还是班里的女生说得对，永远不要喜欢酷酷的男生，因为他会酷到懒得理你。

姚望还站在女生楼下，他看见姜绚拎着一大堆烂芒果走过来，本来想追上去说："我帮你买了许多芒果，全是新鲜的。"可是他却发现，自己的芒果也开始烂了，原来不知不觉，他又等了一个星期了。姜绚站在楼上吃烂芒果，姚望站在楼下吃烂芒果，两个人的胸前都堵得慌，可是谁也不知道，是胃里难受还是心里难受。

3

姜绚去电子城买游戏光盘，姚望居然跟过来了，在卖监控器材的那条通道，姜绚猛地一回头，姚望赶紧一闪，还好没有被发现。可是姚望却发现旁边柜台上的电视里正在播姜绚呢，真的是姜绚，短短碎碎的头发，白色的小公主裙，小公主鞋。天哪！姜绚居然上电视了，姚望激动坏了，赶紧跑回男生宿舍叫大家看电视，可是打开电视，却在播《超级女声》，哪里有姜绚的影子，只有那个李宇春打扮成白马公主的样子，在那里转着圈地唱："呀嘿，呀嘿……"

好多同学都跑去问姜绚是不是参加《超级女声》了。姜绚说，没有啊。大家也奇怪，可是姚望明明在电视里看见她了呢。姜绚问了很久才明白，原来姚望那个笨蛋是在监视录像里看见姜绚了。那些讨厌的男生看见姜绚立刻改了对白："姜绚，快点儿把脚洗了把水喝了，坐着你的大黑虫子去电视台。"

姚望又站到女生宿舍楼下，姜绚是真的生气了，冲到楼下，问姚望到底想干什么。姚望说："我喜欢你，你喜欢我吗？"姜绚冷笑着说："我喜欢邓丽君，她死掉了；我喜欢黄家驹，他摔死了；我喜欢陈百强，他病死了；现在我好喜欢你，你说会怎样？"姚望把手里的袋子递给姜绚说："你喜欢我，芒果就不会烂掉了。"

姜绚已经被姚望气得快疯了，抓起他手里的袋子就扔出了学校的围墙，然后就听见围墙外面"啊"一声惨叫，姜绚赶紧跑出去看，居然就是在便利店遇见的那个男生，他抱着头痛苦地蹲在地上，疼得声音都变了：“想要还给我芒果，也不需要空降嘛！”

4

生物课的时候，老师问姚望：“为什么人死后身体是冷的？”姚望说：“那是因为心静自然凉。”教室里又一次笑翻了。姚望也跟在后面笑，他摸摸自己的胸口，发现好凉哦，他终于平静了，他知道，他和姜绚根本不可能。天一下子就冷了，在这座北方城市，冬天是买不到芒果的，没有了芒果，姚望不知道该拎着什么去姜绚的楼下等她，于是，便不再去了。

女生楼下一下子就寂寞了，有经过的女生都觉得不习惯了，姚望像个电线杆子一样在女生楼下戳了一整个秋天，可他和姜绚依然像是电线杆子上面的电线，永远平行，无法交接。姜绚也觉得寂寞了，自从上次砸到那个男生的头之后，就再也没有见过他，姜绚又去附中门口等了好几次，都没有等到。宿舍的女生发现，从冬天一开始，姜绚就老是坐在窗前捧着茶杯泡脚，一阵一阵地发呆，忘记了把脚洗好，把茶水喝掉。

平安夜还没到，雪就开始下了，北方的城市，雪总是来得这样早，让人猝不及防。宿舍里好几个女生都悄悄告诉姜绚，姚望要转学了，去很远的南京。姜绚不知道很远的南京到底有多远。其他的女生也不知道。有女生安慰姜绚说：“也不会很远的，我们这里天气冷了，大雁还飞去那里过冬呢。”姜绚不知道，是不是因为这里的冬天太冷了，姚望要飞走了。

冬天买不到芒果，姚望便把夏天吃剩下来的芒果核全都找出来，用小刀一颗一颗地刻成星星，他想在春天到来之前刻九十九颗，因为明年春天他家就要搬走了，他再也不会有机会给姜绚买芒果了，他要把这些星星穿起来，送给她。

5

雪还下着，春天就来了，不知道为什么，春天越靠近，姜绚心里就会越难过，北方的孩子是多么期待春天呀，可是姜绚这是怎么了？宿舍里的女生说：“姜绚，你是舍不得姚望走，其实你是喜欢他的，只是你一直没发现而已。”姜绚也不知道，难道真的喜欢上了那个笨蛋？要不然，为什么没有吃烂芒果，胸前却觉得堵得慌呢。

姜绚在一个网站上看见可以从南方邮购芒果，于是就订了好大一包，火车在冰天雪地里“轰隆隆”地跑，终于赶在姚望要走的那天送来了芒果，只是一路风雪，邮包里的芒果全都冻烂了，姜绚顾不上，疯了一样往火车站跑。街边的店摆满了木桶，盛满了玫瑰，原来是情人节来了。姜绚一直跑一直跑，猝不及防，一个熟悉的身影闪过，又是那个男生，姜绚等了那么久的那个人，居然在情人节遇见了，可是他的身边却站着另一个女孩子。姜绚的心里难过极了，却还是忍不住放慢了脚步，跟在后面。有卖花的小孩子拽住他的袖子，让他买花送给身边的女孩子，两个人都笑坏了，他说：“我也是女生呢，哪有女生送花给女生的？”那个小孩子骂了一句：“小气鬼，为了省钱，连女人都装。”于是他们便和那个小孩子吵在了一起，有巡警过来，“他”还把身份证给警察看，居然真的是女生。“他”也发现姜绚了，指着她手里的芒果说：“都过了大半年了，你还惦记着还给我撞烂的芒果呢。”

姜绚赶到火车站的时候，姚望已经走了，送行的同学说：“你怎么才来啊，这个是姚望送给你的。”九十九颗芒果核刻成的星星，连成一串，在雪地里闪着光芒。北方又是春天了，候鸟又要飞回来了，电视里也每天都说地球会变暖，那姚望，他还会飞回来吗？

『厌食症小姐』与『暴食症先生』

文/茫尔

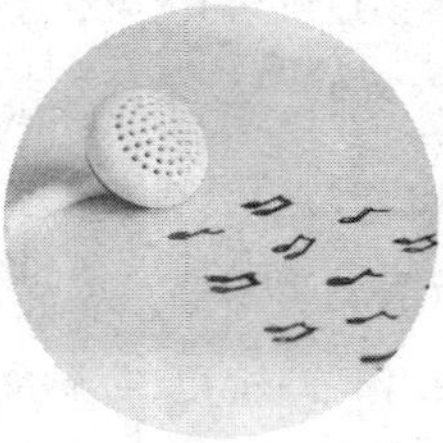

管你是什么“暴食症先生”我又是什么“厌食症小姐”，我们放开畅吃，享受一下我们隐忍了这么久并早已毫无感觉的人生，开心就好。

1

韩七七认识顾寒食纯属偶然。

那时候她刚从一个90公斤的大胖子减肥成为一个骨感女子。虽然由此得到了暗恋四年的夏翌扬的爱，自己却因此得了厌食症。

随着厌食症越来越严重，韩七七不得不来到医院治疗。在医院走廊，韩七七看到他穿着白色的病号服，唱着范晓萱的《失控的胖子》旁若无人地舞动。

他的体形倒是和他的身材极为相称，又高又壮，在韩七七眼里俨如一头白色大熊，他一开始跳动，韩七七忍不住掩嘴大笑。从此她给顾寒食起了个外号叫“大白熊”。

从门诊出来，韩七七心情烦躁，胃撑得难受，惯性使然让她不由自主地冲进了卫生间。韩七七把胃里刚吃进去的食物清得干净，才站起身洗了把脸，淡定从容地从卫生间走了出去。

耳际却突然传来“呃”这样音节的巨大声响，韩七七明白是催吐的声音。内心不由得好奇，她偷偷地往声音的来源地男厕所偷窥了一眼，大吃一惊。

那个催吐的男生正是在走廊跳舞的“大白熊”，他表情痛苦，嘴角依旧残余着催吐过后还没来得及擦除的物体，大概是听到了脚步声，他抬起了头，与韩七七四目相对。

韩七七竟然鬼使神差地抬起手臂，朝他挥了挥：“大白熊先生你好，我是韩七七，七月初七生，讨厌吃东西的厌食症小姐。你呢？”

“顾寒食，不仅喜欢吃寒食也喜欢吃热食的奇怪生物。暴食症先生，谢谢。”

从此“厌食症小姐”韩七七的生活开始出现一个叫顾寒食的“暴食症先生”。

2

顾寒食正如自己的名字一样，出生于寒食节。他什么都爱吃，所以十分悲剧，他得了暴食症。当然顾寒食得暴食症的背后，也有个悲伤的故事。只是每次聊到这个话题顾寒食总是轻描淡写地一笔带过。不过正因如此，韩七七对他有一种惺惺相惜的感觉。

暑假一转眼就过去，韩七七重新回到学校，但她明显感到夏翌扬的不对劲。几天后，夏翌扬找到韩七七，口气淡淡地说：“七七，我觉得我们不合适，还是分手吧。”

韩七七脸上挤出一个比哭还难看的笑容：“夏翌扬，祝你幸福。”她像离开犯罪现场似的，飞奔离去，现在的她只想找一个臂膀倾诉依靠，刚刚她实在忍了太久太久。

鬼使神差地，她拨通了顾寒食的电话。顾寒食赶来的时候，韩七七已经哭得差不多了。顾寒食拍着她的背，关切地问道："怎么了？哭得这么惨？不会是被抛弃了吧。"

"被你猜中了。"

顾寒食把韩七七整个抱进怀里，低声安慰道："'厌食症小姐'，这个世界不是只有这么一个男人能给你幸福的，总有个人在背后默默关心你，在等你回来。而我亲爱的'厌食症小姐'韩七七，我相信那个人你一定会找到的。"

韩七七沉默了一会儿，闷闷地说道："我们去吃东西吧。管你是什么'暴食症先生'我又是什么'厌食症小姐'，我们放开畅吃，享受一下我们隐忍了这么久并早已毫无感觉的人生，开心就好。"

3

和顾寒食在一起的日子全是韩七七最丑最不堪的时候，可顾寒食并没有因此嫌弃她，一次次地鼓励安慰她重新来过，严格地监督她的饮食，她觉得她的人生渐渐好转了起来，只因为有他的存在。

对韩七七来说，顾寒食不仅仅是难友，也不仅仅是闺蜜，是比难友更重要、比闺蜜更亲密的人，那他到底是什么？

就在韩七七捉摸不透自己心思的时候，她在顾寒食的抽屉里发现了一堆情书，看字迹是顾寒食写的。韩七七心里想着，一定是顾寒食写给那个让他患上暴食症的女孩的。韩七七发现自己的心像是被厚重的浓雾层层笼罩着，气愤难过，甚至有一丝丝的……嫉妒。

自己是怎么了？怎么会变成这样？韩七七的心告诉她，不能让顾寒食知道自己发现了这些情书，但是她依然像是被施了魔法似的，头脑一阵发热，开始撕起一封封情书来。

一封一封又一封，看着这些情书被粉碎成雪白的残渣纸片，韩七七心里感到十分舒坦，不知道从什么时候起，潜意识里，她已经把他当作了自己的所有物，不容许让任何人与自己共享。

韩七七正准备毁尸灭迹，只见一个熟悉的高大身影出现在她的面前，口气严肃："韩七七，你在干什么？"

韩七七撕毁情书的事情最终还是被顾寒食亲眼发现。

韩七七一脸正色地看着顾寒食："顾寒食，反正我这辈子跟定你了。你是这辈子见过我丑态最多的人，为了防止以后我的这些丑事被你泄露，所以我现在郑重地告诉你，"暴食症先生"顾寒食，你愿意接受来自"厌食症小姐"韩七七的表白吗？"

"弄得跟求婚现场似的。"顾寒食嘴角上扬，声音听上去很愉悦，"不过你撕了那么多的情书，就不打算看看我费心了那么久才写出来的内容吗？""什么意思？"韩七七指着顾寒食手中的情书，表情惊讶，"你写给我的情书？"顾寒食点了点头，他从口袋里掏出新写的情书递给韩七七，温暖地说："现在愿意拆开来看看了吗？"

4

七七：

其实我暗恋你很久了。我一直不跟你提起那个让我得了暴食症的女孩，因为那个女孩就是你。当时你很胖，你朋友也说你喜欢胖一点儿的男生。为此我开始增肥。可谁知在我增上去后，你就和另外一个男生在一起了。

我输得彻底，我不可救药地得了暴食症，暴饮暴食的后果让我住进了医院，也让我再次遇见了你。

其实我的暴食在那次治疗后差不多好了，不过为了你我愿意再得一次暴食症，我等了你那么久，再多忍受一次痛苦又何妨？

最后的最后，"厌食症小姐"韩七七，你愿意接受这样一份生日礼物吗？从此以后被一个叫顾寒食的"暴食症先生"监督饮食，关心照顾一辈子。亲爱的，让我来爱你，可以吗？

“美羊羊小姐”爱过“灰太狼先生”

文/微光

因就这么一句不经意的问候，却让我的心不自觉沦陷。可是你都不知道，你当时语气有多么温柔，让世界一瞬间春暖花开。

“灰太狼先生”，其实我很不想把你公布于众，让别人共同来分享你的美好。毕竟我们之间除了那些细细碎碎的感动之外什么都没有，我想骄傲地把你的温柔刻进我的人生。

看，我把你夸得多么耀眼。你会不会不可置信？毕竟我那么爱损你，爱叫你“大叔”，爱叫你“小白脸”。我给你起过无数个外号，但在我心里就只有一个专属于我的外号：“灰太狼先生”。

为什么？

你不记得你曾经评论我的好友印象，说我又娇气又泼辣，你还说，我就是不折不扣的“美羊羊小姐”。“灰太狼”和“美羊羊”，不是一对啊。

其实一开始，我很讨厌你。你总是在班上发出很大的响声引起众人的注意，每次我一回头，就能看到你和最后一排的男生笑得前仰后合。

我跟同桌说，那个人真讨厌，像只“灰太狼”。

真正让我对你改观的，是学校举办的一次国庆活动，我被一向疼我的老师硬拉上台去唱歌，当时的我面对台下密密麻麻的人群，紧张得连话都说不出，老师一个劲儿地在台下给我使眼色，但我只知道我的脸垂得越来越低，我的脑子一片混乱。

在我以为我快要支撑不住的时候，你第一个在人群中冒出了头，你大声喊：“台上这位女同学，我可不可以点首男女合唱的《酒干倘卖无》？”

我知道你又在调侃，但你成功了，你把原来凝重的气氛搞得异常活跃，大家都笑嘻嘻地说“好啊好啊”。还没等我反应过来，你一个箭步跳上台来，抢过我手中的话筒，大声且欢快地唱了起来。

也许是被你的情绪感染，我也大声地唱了起来，你冲我眨了眨眼睛，在我耳边快速说了一句话后跳下台和朋友嘻嘻闹闹地走了，而我抚着耳朵，耳畔还响着你的话语。你说：“你的歌声真好听。”

在这之后，我和你经常被扯到一块儿。那次星座调查中，得知你是金牛座，我是处女座后，就有人故意笑嘻嘻地冲我们喊：“你们真是一对，看来你们以后要‘夫妻双双把家还’咯。”

调侃引来了全班人的哄笑。那之后我更不敢主动和你说话了，同学的闲言碎语严重影响了我的学习。可你依然我行我素，时不时找我聊天，终于有一天我忍不住冲你发了脾气：“‘灰太狼’，求求你不要再出现在我的世界里了。你是‘灰太狼’，但我不是‘美羊羊’！”

你脸色铁青，强压下了心中的愤怒默默离开了。从此以后，我们再也没说过话。

“灰太狼”，我们被调侃的事已经过去好几年了，我们都升入了高中。我教室的窗户，正对着你教室的窗户，我们都在五楼。每天下课，我走到窗口，一看到你的身影，眼泪就会流下来，脑中就会出现第一次见到你的场景。

那个开学第一天的早上，我因为肚子疼上课迟到了，当我走到教学楼下时，你像痞子一般斜靠在墙上，用我以为今生都不可能听见的温柔的声音说：“你没事吧？”

你不知道，当时我的脸红得有多厉害。

你会觉得可笑吧？就这么一句不经意的问候，却让我的心不自觉地沦陷了。可是你都不知道，你当时语气有多么温柔，让世界一瞬间春暖花开。

谁会和一头犀牛谈情说爱

文/花崖

因为犀牛的视力很差，通常用来比喻人们在恋爱中的眼盲。就比如我那么喜欢你，你却看不见。

你的样子，就像一头犀牛

珍妮大三了，已经在校话剧社做了两年龙套，和她同届的要么退了社，要么当上了各部部长，只有珍妮，还在演出丑丫鬟、倒霉路人或者干脆一棵树。社长罗波有次开玩笑说，她的肢体僵硬，很适合演一棵树。珍妮就傻呵呵笑，仿佛听了多了不得的笑话。

剧社里稍有资质的新人都可以对珍妮呼来喝去，更别说蔻丹了。珍妮正在给蔻丹整理戏服，蔻丹是罗波钦点的女主角，她身上有着浑然天成的戏剧范儿，可清纯可风情，自然免不了有些脾气，罗波也爱惯着她那颐指气使的性子。

要不是罗波，谁都不愿意伺候蔻丹，罗波纵着蔻丹，珍妮只当自己是在对罗波千依百顺。

珍妮一面喃喃自语进行着心理建设，感叹自己内心强大，才不至于被蔻丹烦死，一面抱着一摞戏服和道具，一头撞在一个人身上。她狼狈地顶着假发套抬起头看，由于逆光，看不清来人的脸，只听到对方矜持地吐出两个字“笨蛋”。本来就撞得眼冒金星，这下更是天旋地转了。

一边陪同的罗波很明显觉得颜面大失，干笑着把珍妮推搡到一边，热情将来人介绍给剧社一众新人：“这位是下部民国大戏的编剧，才子齐野，我的铁哥们儿。”又招呼蔻丹过来寒暄，齐野盛赞了蔻丹的漂亮，然后看似不经意地眼风扫过角落里的珍妮。“演员素质参差不齐嘛，不过海纳百川，刚看完美女，再看这位，就觉得像极了一头莽撞的犀牛，得回去洗洗眼才行。”齐野轻描淡写的一通话，杀伤力大到足以让珍妮去死。

珍妮有个缺点，平时无伤大雅，可关键时刻却致命。她实在反应迟钝，凡事总要慢半拍，等她反应过来，去他的参差不齐，去他的海纳百川，说成语很了不起啊？她在心里问候齐野一百八十遍，而对方早已飘然远去。

一边是仇人，一边是救命稻草

珍妮和齐野有仇。他们曾经打过一个赌。

很久以前珍妮着了魔一样要从文学社跳到话剧社，同在文学社的齐野阴阳怪气地说：“你不会是暗恋罗波，这么肤浅吧？”

珍妮心想要你管，但片刻又狗腿地恳求齐野：“知道你们关系铁，如果有罗波出现的场合你能带上我，甚至可以人为地多制造些接触机会，那我就不用去话剧社了。”齐野从鼻子里发出悠长的冷哼，说：“你那资质，多半是龙套。”珍妮不服气：“我是冲着女主角去的，当龙套能让罗波注意到我吗？”齐野笑得促狭：“你尽管去，你要能当上女主角，我就能撺掇罗波把你这个妖孽收了当压寨夫人，也省得你这么迂回。那如果你当不成女主角呢？”珍妮心一横：“那你出现的场合，我退避三舍。”

一言为定。时光荏苒，两年过去了，珍妮果然没能给齐野点儿颜色看看。

珍妮怪自己没出息，与齐野狭路相逢时只能装不认识，论毒舌，珍妮不是对手。然而更挫败的是，朝夕相对的过去时光里，罗波没有流露出哪怕丝毫眷顾，他的记忆里从未有过她。

那年珍妮在游泳馆里像一条笨拙却贪欢的鱼，一不注意游到了深水区，慌了起来，呛了水，被几个人合力从背后拖上了岸，醒来后看见身边有爸妈，有救生员，还有一个陌生小男孩，关键是，自己一直抓着那个小男孩的手。

后来听爸妈说才知道，出事后那个小男孩在附近，很英勇地冲过来救她，结果被她像抓救命稻草一样牢牢抓住一起呛了回水。妈妈说：“你的手攥得那叫一个紧，掰都掰不开。”

每次罗波演出剧目，珍妮都混迹在一群粉丝中间，坚持默念：“我和罗波是过命的交情，我们有牵过手的缘分，我和她们是不同的。”然而有哪里不同呢？连她自己都快要怀疑那不过是浮生梦一场。

进山游玩

剧社进山游玩，罗波查了攻略，找了条可以堂而皇之逃票的小道，齐野皱眉说好像不够安全。珍妮躲在人群里捏着嗓子说：“胆小鬼和乖宝宝可以选择排队买票哦。”珍妮伸头看，齐野臭着一张脸，顿时心情无比愉悦。

报应来得太快，玩得太嗨，珍妮手舞足蹈不幸扭到了脚，回程时慢慢地掉队了。天渐渐暗沉下来，她唯一的意识就是不能停，要一直一直走。她机械地移动着脚步，恍惚中看见一个人影坐在石级上，等她欣喜若狂地奔过去，人影不见了。她只好继续走，又看见人影，又是到跟前人就消失。

三番五次，珍妮很不解，可残存的理智让她果断确认下四周，高兴的是，自己似乎离景点出口越来越近了。

那个人影再次出现时，珍妮耍了性子，干脆一伸腿也坐在地上，心想，姑娘我不走了。那个人影很困惑地漂移过来的时候，珍妮心里颤了两颤，竟然是齐野。珍妮说："哼哼，你也走散了啊，有啥不好意思的？是人都会迷路，你还和我保持啥距离？"

齐野望着哆哆嗦嗦、强颜欢笑的女生，懒得回应她，只好沉默。

罗波和大家在出口等着他们，珍妮大哭着扑上去抱住罗波，久违的安全感让她刚才的坚强伪装瞬间卸掉。她哭着说："就知道你会来救我，你不晓得刚才我有多害怕。"

罗波被珍妮勒住了脖子，剧烈咳嗽，众目睽睽下笑得一脸尴尬。

我发誓永远不会对你恃爱行凶

民国大戏开演前，珍妮看见齐野鬼鬼祟祟地站在大槐树下和蔻丹说着什么，而蔻丹美丽的脸庞光彩全无，灰一样颓败，终于，她扑进齐野的怀抱里放声哭了起来。

珍妮连忙闪开，瞬间明白什么，她没想到面目可憎的齐野竟然还有这一出猫腻。

她在后台候着他回来，劈头盖脸骂一通："有一种罪，叫恃爱行凶。有一种人，骄矜自大无知，以为自己少年风流，所以肆意践踏别人的感情，我真替蔻丹不值。"

齐野微微一笑："你不也惦记着罗波吗？我们有什么区别呢？还好，我发誓永远不会这么对你。"

珍妮觉得他的口气像调戏，更像歧视，她终究不像他脸皮厚，立马颓了，不再恋战，转身去安慰蔻丹。

蔻丹罢演，全剧社慌了神，罗波仍在蔻丹身侧软语央求，齐野蛮横地扯过珍妮的胳膊：“你来。”

珍妮连替补都算不上，但五个月的排戏过程只有她一人是全程跟下来的，也只能是她了。

大幕拉开，齐野站在台下，看着珍妮和罗波在自己写的戏里谈情说爱。他怀疑自己脑子“锈”掉了，才会答应出面帮罗波拒绝蔻丹的表白，而且拗不过蔻丹的追问忘记大戏即将开演。

他一瞬间想起了那个赌约，珍妮当上了女主角，而自己，总不能失信于她。以珍妮一根筋的脾气，即便没有机缘巧合，她要达成的愿望，也一定是会实现的吧。

珍妮望着台下，只看到齐野离去的背影，她忽然有点儿心不在焉。

罗波不再对蔻丹有好脸色，他仿佛一夜之间生发了对珍妮的兴趣，他想把对手戏从台上搬到现实里。

但珍妮拒绝了。

你掌心的痣，我总记得在哪里

珍妮请齐野吃小巷里的秘制牛肉面，为那天的质问道歉，身为“八卦台风眼”，她是从人们的议论声中最后一个知道原来蔻丹喜欢罗波但被拒绝了，原因竟然是罗波更倾向于平凡的珍妮。

珍妮还要谢谢齐野的慧眼识人，举荐她当女主角，但她说不下去了，牛肉面加了很多辣，雾气蒸腾中，眼泪掉下来。

当她期待罗波感应到她对他的情感时，他没有接收到她的信号；可当他终于察觉了她的美，她又感到发自真心的不适与错位。于是她草草结束了这一切，她真是一头莽撞的犀牛，一头跌进爱里，却忘了看那是不是她想要的爱。

珍妮问齐野：“你那时为什么形容我像犀牛？”

齐野愣怔了一下，眼里那不耐烦的光又出现了，他说：“你不是话剧社的吗？《恋爱的犀牛》都不知道吗？怪不得一直是龙套。”

珍妮被他噎得说不出话来，他一如既往的毒舌惹人厌，珍妮却发不起来脾气。她看见他好看的眉峰轻皱了一下，珍妮觉得他的声音发颤，是错觉吗？他终于深吸了口气：“因为犀牛的视力很差，通常用来比喻人们在恋爱中的眼盲。就比如我那么喜欢你，你却看不见。”

这话像一枚炸弹，珍妮只觉得耳膜轰鸣。

“很多次我都怀疑这个姑娘不止眼睛，连脑子也有病，我哪里比不上罗波了？但喜欢着有病的你的我，岂不是病得更严重一些吗？话说回来，你为什么迷恋罗波？”

珍妮说：“因为他右手掌心有颗痣。”

齐野摊开手掌：“是像这样的一颗吗？”

珍妮紧紧攥住他的手，懊恼、羞愤，原来这许多年，她的一腔柔情全都错付，原来当初，和自己心手相连的人是他啊。

齐野的笑里有了宠溺的意味：“虽然罗波手里也有颗痣，但他不会游泳。而且我当年并不是要救你，只是无辜地被你抓到不能脱身而已。”

再见，我的心间少年

文/丛雪

再见，我的心间少年，看到你幸福，我终于可以安然退场。

奔跑的少年

第一次见秦思远，我14岁。在那家富丽堂皇的浴听门前，被保安拦在门外，我涨红脸眼里噙泪，小声嗫嚅道："我有急事找妈妈，她在里面做保洁员……"

一个英俊挺拔的少年从私家车里下来，迈上台阶的瞬间，他侧脸看我一眼，突然对保安发火："没听见她说有急事吗？让她进去！"

其实，我找妈妈是想告诉她，我转学的事办成了，可对方说还要交些钱。妈妈揩去我额头的汗水："晓黎，别急，妈妈手里还有些积蓄，一会儿咱们就去交钱。"

我坐在大厅里等妈妈，在吧台玩耍的少年转身看到我，如星的眸子露出笑意，调皮地冲我眨眨眼睛。我红了脸，垂下眼帘，心里却如春花盛开。这个春天真美好，妈妈终于带我逃离了乡下暴戾的父亲，在城里安顿下来，有了新工作，我又可以重新上学。

到新学校，课间时，一个男孩子突然冲过来：“嗨，夏晓黎！”

我抬头，是昨日的那个少年。他一脸阳光地自报家门：“秦思远，男，15岁，身高1.7米，体重58公斤……”一番话引来男生的调侃：“干吗弄得跟相亲似的？”我脸红心跳得不能自已。

那家浴所是秦思远的父亲开的，他悄悄跟我说，让我放心，我妈妈在那儿谁都不敢欺负她。我对他报以感激的笑。

秦思远像一束阳光，照亮了我黯淡的生活。他驱逐了我的孤单寂寞，因为他，同学们很快接受了我，尽管很多时候，置身他们中间我默然无语，可是心却是快乐的，因为俯首抬头都能看到那张明媚的笑脸。

秦思远帮我补功课，带我去玩，还教会我骑自行车。他说：“夏晓黎，你不能一直走路上学啊，那多辛苦和浪费时间啊，我教你骑自行车吧。”星期天，他变戏法似的骑来一辆漂亮的单车，载着我去广场。他像个保镖似的跟在身后，同时充当教练。我摔了很多跤，膝盖都摔青了，咧咧嘴爬起来继续练。秦思远问疼不疼。我摇摇头：“这算什么呀，才没有你们城里人那么脆弱呢。”

黄昏时分，我终于可以小心翼翼地自己骑行了。秦思远高兴地跑过来和我击掌：“晓黎，自行车就送你了，算我提前送你的生日礼物。”

我把自行车推进他怀里：“不要，妈妈会骂我的。”

他急了：“咱们是朋友不？”

我说：“是朋友也不能随便收你的东西啊。”

两个人争论了一路，到了我和妈妈的出租屋还在吵。妈妈听明原委，拿出钱给他，说：“思远，你的好意我们心领了，但是钱你必须收下，不然阿姨会不安心的。”他无可奈何地接过钱，做了个鬼脸跑了。

晚风拂面，那个奔跑的少年的背影，如一幅美丽的画在心里展开。

命运转折

爸爸不知怎么找到的妈妈，开始没完没了地纠缠她。

一天放学回家，我发现妈妈在哭泣，脸上有瘀青的痕迹。是爸爸打的，我告诉妈妈我不去上学了，在家保护她。妈妈抹一把泪，不让我掺和，提出搬家。

在妈妈找房子那些天，我整日魂不守舍，总怕爸爸会再次伤害妈妈。可是，担心的事还是发生了。那天傍晚，秦思远和我一起回家，到家门口就见爸爸拽着妈妈厮打。我来不及多想，扔掉自行车冲上去帮妈妈，却被爸爸反手甩到一边。还没等我起身，秦思远已经冲过来，他死死抱住我爸爸，喊：“夏晓黎，快去打110报警。”我从惊慌中回过神来，起身奔到巷口的小卖部打了报警电话。

及时赶来的警察帮妈妈解了围，他们教育爸爸一番，直到他保证不再骚扰妈妈。那天，秦思远陪我到很晚，我坐在昏黄的路灯下泪流满面，他说：“心里不舒服就哭吧，哭出来就好了。”很久，我抹去眼泪：“秦思远，你是不是很看不起我？”

他突然从我身边站起：“你说什么啊？我怎么会看不起你，就因为刚才的事吗？那不是你的错，也不是你妈妈的错。”

我的眼泪再次流下来，忍不住跟他诉说自己心惊胆战不堪回首的童年。秦思远默坐着，手里的矿泉水瓶子捏得发出怪叫声。良久，他说：“夏晓黎，你不要怕，今后谁再胆敢欺负你就是跟我过不去。”他好看的眉头皱成“川”字，一脸凝重像个成熟的小大人儿，我含泪笑了。

从那以后，秦思远再也没要家里的车接送过，骑着他那辆赛车和我一起上学放学。转眼，我们升入高中，秦思远依然对我照顾有加。我最要好的同学左婧说："晓黎，你不觉得吗？秦思远是喜欢你呢，没见他对哪个女孩子这么上心过。"

我嘴上否认着，心里却雀跃不已，真希望这样的日子直到永远，秦思远一辈子都是我的梦里少年。

而命运的转折总是令人猝不及防。高二下学期，秦思远的父亲因投资失败，一夜之间倾家荡产。妈妈告诉我这个消息时，我如五雷轰顶。晚饭也没顾上吃，骑着自行车去了秦思远家。他正在别墅外游荡，看到我惨然一笑："晓黎，明天这房子就是别人的了，我无家可归了。"

我拉住他的胳膊哭了："你可以先住到我家，让我妈妈帮你们租房子。"

秦思远没有住到我家，一个亲戚把空房子让他们一家居住。他父亲受不了打击住进医院。

经此变故，秦思远像换了一个人，曾经的阳光少年变成了忧郁王子，常常一个人对着角落发呆，成绩也下降了。放学路上，我说："秦思远，你不能一蹶不振，你得用心学习，考上大学才是对父母的最大安慰。"他不作声，把自行车骑得飞快。

转眼就是高三，秦思远没来上课。那个雨天，我四处找秦思远，最后在一家台球馆找到他。他一副吊儿郎当的模样，我的心像被针刺一样痛。看到一身雨水突然出现的我，他吃了一惊，随即劝我离开。我恼怒地盯着他一动不动。他只好跟我出了台球馆。站在雨地里，我一字一顿地对他说："秦思远，如果你再逃课，我这辈子都不会原谅你。"说完，我转身冲进大雨里。

自此，秦思远都准时来上课，可我能感觉到他心思的游离，成绩越来越差，我塞到他课桌里的学习资料他很少看。高考结束，走出考场的时候，秦思远说考得不好。他无奈的颓唐让我心疼。

很快，他就找了个地方开始打工，他说他得挣钱替父亲还债。夏末，成绩出来，我考取了向往已久的南方的那所大学，而秦思远落榜了。同学聚会，他最后一个匆匆赶来，瘦了黑了，个子也高了。他坐在我身旁喝了很多酒，最后醉了哭了："晓黎，对不起，我说过要陪你一起考大学，可是我食言了……我……只能陪你走这么远了……"他的话让我泣不成声。

列车开动，秦思远的身影消失不见，我对刻在心上的少年说，等着我，我会回来。

安心退场

起初，我们还有电话来往，寒假我见到秦思远，他穿着侍者的服装，在一家咖啡店打工。听说他父亲身体很不好，我问他是否需要钱，他拒绝了，说他自己想办法。回到学校，我把自己攒的几千元稿费和奖学金转给在另外一个城市上大学的左婧，嘱她寄给秦思远，不要留地址和姓名。

最后一次见秦思远，是大三的暑假，他不再给人打工，而是开了一家小音像店。他说："晓黎，你等着看，我一定要重振家族生意。"说这话的时候，他的脸上熠熠生辉，我又看到曾经一脸阳光、意气风发的那个少年。

后来，我们不再联系。左婧说："秦思远一再问起你呢。"

我在电话这端咬紧嘴唇："那你告诉他我有男朋友了，现在过得很好。"果然，他再没跟左婧提起过我。有关他的消息都是左婧告诉我的，音像店关门了，他涉足餐饮业开起了饭店，饭店开成了连锁店，又开始做文化传媒公司，这小子越折腾越大……电话这端的我不作声，左婧叹口气："晓黎，你这是何苦呢？他一直没找女朋友，还不是因为心里有你？”

我打断她：“那都是过去了，我们现在隔着两重天。”左婧说我死要面子活受罪。

再见到那张魂牵梦萦的脸，在左婧传给我的照片上。秦思远的新公司开业，大宴宾客，左婧也去了。几年不见，阳光少年已然是商界新星，神采奕奕，志得意满。再看他身边的女子，美丽干练，端庄娉婷。隔着电脑屏幕抚摸那张刻在心间的脸，往事奔腾，不堪回首。

之所以从秦思远的生活中消失，是因为大四那年我遭遇了一场车祸，左小腿被截肢。经过很久的挣扎我才接受这个事实，却再没勇气面对秦思远，只能悄悄躲开。妈妈看着我独自落泪，说：“晓黎，你何苦折磨自己，你爱他就大胆说出来啊。”

我擦去眼泪：“妈，我爱的是他年少的模样，现在的我已经不适合站在他身边。”

大学毕业以后，我和妈妈开了一家小书店，一边经营书店一边写字，岁月静好。那个夜晚，左婧在QQ上说：“他结婚了，婚礼上喝醉了，问我有没有你的消息，问我知不知道当初那几千块钱是谁打给他的。”

我问：“你怎回答？”

左婧说：“要不是你千叮咛万嘱咐，我差点儿说漏嘴。晓黎，你是何苦来着？”

我沉默片刻，回答她：“曾经幻想过天长地久，可是经历百转千回，终于明白，于我来说，年少时节与他相逢已是上苍盛大的恩赐，如此，我已知足，不必再相见，也不必再相恋。”

从电脑里翻出他的照片，轻轻按了删除键，再见，我的心间少年，看到你幸福，我终于可以安然退场。

夏小姐的1407号

文／欢喜

于夏绿而言，1407就像一粒偶尔被吹进心中的草籽，然后生了根，发了芽，在经久的岁月里静默生长。

当第100个打向某通信公司人工服务的电话被接通时，夏绿的眼睛已经被两汪水泡得红通通的了，整个人蓬头垢面，散发着颓废而沮丧的气息。

“您好，这里是1407号为您服务，有什么能帮您的吗？”

“我要销卡。”夏绿一边说着，一边把所有前男友的东西都扔到了垃圾桶里。对方有些怔愣，但很快就调整过来：“可以问一下您为什么要销卡吗？”

“因为我失恋了。”夏绿没什么力气地吐出这句话，然后就听见电话那边的人说：“走出失恋的阴影有很多办法，也许您可以尝试一下比销卡更加有用的方法，比如发展一下兴趣爱好。”

对方的声音如此一本正经，倒是让夏绿停了下来，然后真的认真思考了一下：“听起来不错，那我去爬山好了。”

“这确实是一个行之有效的方法，您计划爬哪座山呢？”

“珠穆朗玛峰。”然后“啪”的一声，电话被夏绿挂断了。2014年夏天，夏绿与男朋友分手了。

于是夏绿在网上买了一整套登山设备，向辅导员请了一周的假，然后就雄赳赳气昂昂地奔赴喜马拉雅山了。

夏绿抵达日喀则的时候，已经是晚上九点。感觉到饿意，夏绿麻利地走出房间的时候，旁边也传来一声清脆的落锁声，她转过头，就看见李清北头发湿湿的，正准备出门的样子。

李清北也是这个旅游团的游客，在车上时就坐在夏绿的旁边，夏绿记得他。尽管如此，她还是没有交流的意思，李清北却打了声招呼并随口询问：“出去吃饭吗？”语气自然得好像他们是多年的好友。

于是夏绿展开一个友好的笑容：“正准备去，你呢？”

“我也还没吃，一起去吧。”李清北笑眯眯地说。两个人一起出门也不错，夏绿点了点头。

日喀则的夜晚很漂亮，吃饭时，李清北问：“明天要不要一起去看日出？”

夏绿没有回答，李清北也没有继续问下去，等到吃完晚饭夏绿才慢腾腾地开口：“我们明天几点去？”

李清北一下子就笑了：“日出在六点左右。”

第二天早晨，夏绿被一通电话叫醒时，则又是另外一副神色了。

夏绿问李清北：“你从哪儿知道我的手机号码的？”

李清北似笑非笑地调侃：“我可是对导游威逼利诱，用了十八种酷刑才勉强拿到的。”

夏绿忍不住笑了起来。

从日喀则回来之后，夏绿意料之外地接到了1407号打来的电话。她愣愣地听了一会儿对方娴熟地介绍业务，才有些不确定地开口问道："1407？"

这句话就像一个暗号，让所有聒噪的掩饰都沉了下去，那些掩盖在海面之下的冰山都显露出来。

夏绿的语气有点儿奇怪，似乎不仅仅是惊讶和迷惑，不过1407并没有察觉。他沉默了一会儿，似乎在寻找一个合适的称呼对方的方式："夏小姐，您从西藏回来了？"

"是啊！"

"您去攀登珠穆朗玛峰了吗？"似乎有些调笑的意味。

"没有。"夏绿说，语气却没有任何遗憾。

1407号没有出声，静静地等待着她接下来的话。

"1407，你知道吗？其实大部分时候，没有那么多非他不可的人。"

那是日喀则之行的第五天，夏绿和李清北在一家餐馆吃饭的时候，外面突然嘈杂起来，吵嚷声越来越大，餐馆里顿时闹哄哄乱作一团。

恐慌在空气中蔓延，李清北抓住了她放在桌上止不住颤抖的手。

"没事的，有我在。"他一遍遍地轻声说着，男人掌心的温度让她渐渐平静下来。李清北抓着她的手，肌肤接触的地方已经生了汗，潮湿而黏糊，像是夏天的风。

一时间夏绿有些不敢看他的眼睛。

尽管夏绿和李清北算得上相熟，可是李清北就像一场夏季的暴雨，在夏天过去后就悄然无踪。

但是意外地，夏绿和1407开始熟识起来。1407对夏绿的称呼从"夏小姐"到"夏绿"，再到没有称呼直接进入话家常的模式，可谓进行了艰苦卓绝的磨合。但是夏绿始终称呼对方为1407，她没有过问他的真实姓名，而他也没有主动告知过。

夏天往往是由一场雨结束的，一场不大不小的雨，将暑气带走得干干净净，伴随着浸着凉意的风，秋天便来了，然后秋季招聘也开始了。夏绿学的是通信技术，之前她就打算进三大通信公司的其中一家工作，她现在更加明确了。

通过面试，夏绿如愿以偿地进入了1407所属的通信公司，虽然只是其中一家小小的分公司，但她觉得自己离1407更近了些。告诉1407这个消息时，夏绿捂着手机的手默默地收紧了，她站在窗边，屏住呼吸，觉得比查高考成绩时还紧张。

“那恭喜你啦。”1407笑着说。

夏绿的心这才老老实实地放在了胸腔里。

1407说：“那我可是你的前辈，后辈要为前辈端茶倒水，知道吗？”

夏绿笑得眼睛弯弯的，嘴角弯弯的，说：“好啊，到时候一定要好好向前辈请教。”

“夏绿，”1407突然一本正经地叫她，夏绿的心里咯噔一下，身体下意识地想要挂断电话打断1407，可还是迟了一步，“我以后就不是1407了。”电话里男人的声音不咸不淡、无悲无喜。夏绿一下就闭了嘴，愣愣地看向窗外。有风从窗户中灌进来，浓重的乌云遮盖了整片天空，梧桐树在风中剧烈地摇晃着，发出一阵阵嘶鸣。

豆大的雨点落下来，砸在窗户上发出啪嗒啪嗒的声响，湿漉漉的风一寸一寸地蔓延进来，吹得夏绿的心底都潮湿起来。她拉下窗户，深吸一口气，语气轻松地询问道：“你升职了吗？”

“不是，我要调到另外一个地方工作。”1407轻笑一声，说，“为了一个很重要的人，我要去往她的身边。”

所以事实只是，这场夏绿满心欢喜的相遇，在1407眼中，只是一次不痛不痒的与客户之间的联系。就好像，就算没有那场不大不小的雨，夏天也总会过去的。只是于夏绿而言，1407就像一粒偶尔被吹进心中的草籽，然后生了根，发了芽，在经久的岁月里静默生长。

夏绿3个月的实习期顺利地结束了，在此期间，她曾经拨打过客服转接1407，听到的却是一个完全陌生的女性声音，夏绿在对方礼貌的询问声中挂断了电话。

令夏绿惊讶的是，一个月后，她在分公司见到了李清北，而他居然是新调来的客户经理，李清北却好像不记得她了，在夏绿本以为他们之间不会再有什么交集的时候，他却又出现了，再一次像个英雄一样。

那是年底的时候，她加班到晚上十点，再加上四五杯咖啡灌下去，胃又隐隐地疼起来。

夏绿疼得没了力气，她伏在办公桌上，捂着一抽一抽的胃，嘴唇惨白，虚汗大颗大颗地滚落。李清北站在她面前，焦急地询问情况时，她已经疼得一句话都说不出来了，更无暇去想，为什么李清北此时会出现在这里。黑暗渐渐席卷而来。夏绿在医院里醒来的时候，却看见李清北正坐在旁边的椅子上抱着电脑工作。

李清北一直以为，1407于夏绿，只是一根救命稻草。3个月过去，他却渐渐地开始不满意于只做一根救命稻草，不满足于1407的身份，明明一开始只是工作，却不知道何时动了心，所以他故意误导她，换了李清北的身份来接近她。可是当他站在她身边，看着她为1407而看不见别人的样子，竟然开始吃起自己的醋来。

可是有些事，好像一开始不说，之后就再也没有开口的机会。

所以他只能按下所有的心思，然后告诉自己，来日方长，来日方长。于是他也从未想过，他拙劣的演技是否早已被戳穿。

而事实上，从日喀则回来的那天，夏绿就已经认出了李清北的声音，只是他要掩饰，夏绿便没有揭穿，可是不管是“李清北”，还是“1407”，都在搅乱一池春水之后便毫不犹豫地离开。可是偏偏，李清北却总是要来招惹她，甚至每次路过她的办公桌时，都会小声提醒她吃饭。夏绿想，那就再努力一次吧，如果他仍然装作不知，那一切便都不再有意义了。

公司年会那天，大家在常去的餐馆吃了一顿饭，又起哄着要去KTV（提供影音设备与视唱空间的场所）唱歌。酒足饭饱，歌也唱了个尽兴之后，有人提出来要玩真心话大冒险。夏绿选择了真心话，李清北不自知地微微屏住了呼吸，却在听见意料之中的“1407”的字眼时，仍是忍不住露出一个苦涩的笑容。

可是在自己被问到“是否单身”这个问题时，李清北的目光仍然在夏绿的身上停了下来。夏绿没有抬头，只是小口小口地啜着玻璃杯中的饮料，于是他眼底的微光便一寸一寸沉寂下去。可是他仍然笑着说：“我已经心有所属了。”

也许为时已晚，也许这句话太隐晦以至于他真正想告知的人根本不会明白，可是他还是想用这种方式告诉她，说他胆小也好，无用也罢，他宁愿让自己永远作为1407活在她的过去，也不想让她知道他欺骗了她。

于是在扔下这句话后，李清北毫不犹豫地从游戏中脱了身，然后推开门大步走了出去。晚风很凉，一片夜色中，李清北轻轻闭了闭眼，只觉眼角有些酸涩，手机铃声却在一片寂静中突兀地响起，他手忙脚乱地按下接听键，就听见电话那边传来一个他再熟悉不过的声音：“喂，我的1407，你又要逃向哪里？”

我比宋词更爱你

文/刘云利

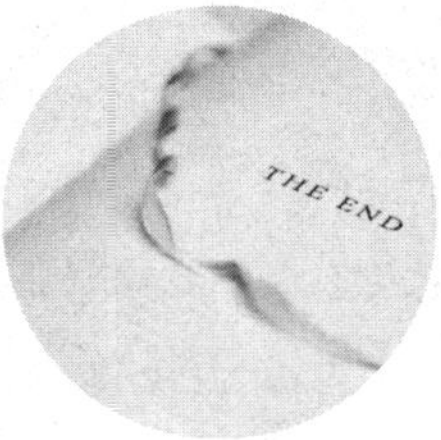

那火辣辣的味道就是爱情的味道，可是两年后她才明白，爱情之躯没有免疫力，她中了爱情的毒。

1

在一家叫“茅草屋”的仿古川菜馆，顾晓菲一个人要了大碗水煮鱼，漂浮的红油和鲜艳的辣椒让邻桌的顾客目瞪口呆，顾晓菲夹了一片鱼肉片，热辣辣地送到嘴里，但一秒之后，她几乎要把舌头都吐出来，感觉整个人都像着了火。

她不停地吐舌头，吹气，眼泪都呛了出来，翻遍身上所有的口袋也没找到一张纸巾。顾晓菲大声地喊着“服务员，拿点儿餐巾纸”，可是因为舌头还在发麻，错把“zhi”说成了“zi”，在生意火爆的川菜馆里，她的声音很快被湮没在嘈杂中。

这时，邻桌有人递过一张纸巾，顾晓菲下意识地抬头看到一张俊朗有型的脸。男孩本以为顾晓菲会感激地冲他笑笑，没想到她只低声说了句“谢谢”，就埋头吃她的水煮鱼了。仿佛，这碗水煮鱼里有她追求的幸福。

男孩无趣地回到座位，但他的眼神始终没有离开顾晓菲一秒，只是顾晓菲不知道。

顾晓菲再次遇到那个男孩是在图书馆，她正在找宋词方面的论文。等导师要报论文选题的时候，顾晓菲才感到毕业的临近。因为聚精会神，她不慎和一个男孩撞在一起，近来脾气火暴的她刚想发作，猛然抬头才发现居然是那个在“茅草屋”给她递纸巾的人。

男孩忙不迭地说：“大姐，真对不起啊，我不是故意的。”“大姐？”顾晓菲气不打一处来，心想，真是一个不知趣的男孩，我有那么老吗？“口误，绝对的口误。”男孩随即笑盈盈地说。

顾晓菲想，也是啊，这个潮语风靡的时代，真不知道怎么称呼最好，想到这里，她也“扑哧”一声笑了。男孩羞赧地挠了挠头。顾晓菲由此知道了这个腼腆俊朗的男孩叫马克，起着和德国货币一样的名字。

巧合的是，马克选修的第二学历也是中文，毕业论文的选题竟然和顾晓菲一样也是宋词方向。马克很正经地和顾晓菲说的第一句话是：“你的生日是哪天？”“为什么要问我的生日？”顾晓菲冷冰冰地回答。马克没有被顾晓菲的冷脸所吓倒，神秘地说：“我懂易经和八卦，看面相就知道，我们应该是八字五行，天作之合。”

“呸！”顾晓菲说，“我才不信你的胡言乱语呢，净瞎扯。”

2

不过，顾晓菲不得不承认马克的毅力，因为她要找“禅宗对苏轼人品、文品的影响”，可一直没找到，就在抓耳挠腮之时，突然想到了马克，他不是学问深吗？

马克接到顾晓菲的任务，就像接到圣旨一般，硬是在图书馆里泡了三天，终于在浩如烟海的论文里找了顾晓菲想要的资料。顾晓菲脸上挤出丝丝微笑，算是对马克的奖励。马克竟然“恬不知耻”地说：“我说过我们是天作之合嘛。”“我才不信你的鬼把戏呢，我只是懒得做罢了。”顾晓菲轻蔑地说。

马克对顾晓菲的冷漠表面上嘻嘻哈哈，但心里却是风生水起。毕竟就算是一般同学帮自己的忙也会发自内心地微笑，但顾晓菲却没有。马克想，顾晓菲一定是个有故事的女孩。马克用自己的话说：“我是厚着脸皮邀请顾晓菲去看篮球比赛的。”赛场上的马克球技娴熟，飒爽英姿，在他投中一个压哨三分的同时，用余光瞟了一下场边的顾晓菲，就算是这样激动人心的时刻，顾晓菲也没有开怀大笑。而且马克给顾晓菲找了个活儿干，帮他缝开线的球衣。

顾晓菲去给马克送衣服，马克拉着她去“茅草屋”吃川菜，顾晓菲就点了一道水煮鱼，而且要求是她自己吃，马克眉头紧锁，但还是答应了。这次顾晓菲吃得优雅点儿了，却是声泪俱下，马克由此知道了，原来顾晓菲以前是有男朋友的，还曾深深地爱着他。

顾晓菲说，她男朋友叫宋词，起一个国文的名字，学的却是外语，他的梦想就是出国。为此，毕业前夕他报了一个日语培训班，顾晓菲由衷地为宋词感到高兴，可是一个春意盎然的日子。顾晓菲的心情却如淫雨霏霏，宋词告诉她，他喜欢上了比他大3岁的女人，那个女人说可以帮助他出国。

顾晓菲想骂宋词，但宋词没有给她机会，那个晚上宋词就和那个女人去了日本，顾晓菲一气之下焚烧了宋词所有的东西，却焚烧不掉关于宋词的记忆。顾晓菲和宋词吃的第一顿饭就在“茅草屋”，顾晓菲以为那火辣辣的味道就是爱情的味道，可是两年后她才明白，爱情之躯没有免疫力，她中了爱情的毒。

3

顾晓菲讲这个故事的时候，声音压得很低，情绪很低落，很显然还没有从失落中苏醒过来。马克说：“有的男人本质上是爱情实用主义者，在爱情过了保鲜期后，有的男人看重的只有实用，就算再贵的水果，如果不喜欢同样会扔掉。”顾晓菲不信，说：“我的保鲜期还没过，宋词一定会回来的。”

其实，马克更猛的话没说。“有的男人还有个名字叫喜新厌旧。”就像攀龙附凤的宋词。

在论文资料的整理中，马克帮了顾晓菲不少忙，顾晓菲过意不去，就打算请马克去旅行。马克问：“去哪儿？”顾晓菲犹豫再三才说出一个几乎让马克吐血的地方，山东的聊斋园，顾晓菲说那里有个“鬼洞”，她想去感受一下。

这可点中了马克的死穴，别看马克高大英俊，可是胆量很小，书桌里突然冒出一只蟑螂都能把他吓得尖叫起来。可是，马克给顾晓菲的回答却是：“没问题，你害怕我就保护你。”直到现在，马克不得不承认，从见到顾晓菲的第一眼起，那个清纯可人的女孩就在他的心里扎下了根。

鬼洞果然名不虚传，绵延1000多米，灯光昏暗，有各种恐怖的造型，其中包括清代的酷刑。马克吓得一阵阵哆嗦。虚汗浸湿了衣衫，但他死死地抓住顾晓菲的手，当他们走到中间的时候，突然听到一阵风声，而后两扇窗户忽地打开，然而没有人出现，只留下“砰砰”的响声。他们慢慢靠近窗户一看，一只长发妖娆的“女鬼”尖叫着坐了起来。顾晓菲吓得钻进了马克的怀里，尽管马克全身战栗，但还是紧紧地搂住顾晓菲。

这只是个游戏，女鬼当然是假的，可顾晓菲的心不是假的，她没有告诉马克实情，她想测试一下马克，其实她曾经和宋词来过“鬼洞”，当时宋词只顾着看性感妖娆的“女鬼”，竟然让顾晓菲吓得缩成一团。

顾晓菲从鬼洞出来后，释然很多，仿佛刚才的惊吓把宋词从她的记忆中拉走一般，她紧闭的心扉也敞开一丝光亮，照进了马克的名字。

聪明的马克不会笨到发现不了这个见微知著的情愫，他想，顾晓菲走过鬼洞就如同涅槃过一般，对宋词的心也就死了。

4

顾晓菲觉得虽然马克平日一本正经的样子，但也有幽默细胞。马克和顾晓菲打赌，结果顾晓菲输了，赌注是马克让顾晓菲做一件小事。马克说：“跟我一起念字母‘C’。”顾晓菲不明白什么意思，只好照做，当她念完才发现马克的用意，他是想让顾晓菲露出迷人的微笑。

再去吃水煮鱼的时候，顾晓菲也会精心打扮一番，让马克等上半个小时，顾晓菲的吃相也收敛很多，马克笑她，不错，从悍妇升级为淑女了。这时顾晓菲的脸也羞得绯红。

论文已进入倒计时，马克一个星期都在图书馆里，帮助顾晓菲找资料，马克觉得他的爱情就像苏东坡的仕途一样坎坷，从被贬谪到重用，顾晓菲坐在马克扯掉纽扣、挤掉鞋子从“考研大军”那里抢来的座位上，感觉自己就是君王一样，时刻准备传唤手下的大臣马克。

顾晓菲的毕业论文《浅析禅宗对苏轼人品、文品的影响》在答辩中得了高分，她知道这完全是马克的功劳，要不然她还在失恋的阴影中徘徊，论文也不会通过。顾晓菲到宿舍找马克，哥们儿大声喊：“马克，有美女找。”马克衣冠不整地跑了出来，顾晓菲第一次主动拉了他的手，并且在他的脸颊上留下她的吻痕。马克幸福得三天没洗脸。

女孩漂亮的百褶裙告诉马克，他的大学生活快要结束了。顾晓菲也觉得有一种兵荒马乱的味道，各种消息不胫而走，某某签约了500强企业，某某考上了公务员，顾晓菲也开始为生计东奔西走。

繁星满天的夜晚，马克来找顾晓菲，怯怯地问："准备签哪儿？"

"深圳，你呢？"马克的心开始潮湿起来。"我有两种选择，一种是回西安，爸妈已经安排好了工作，稳定但需要熬年限；另外一种是去深圳一家外贸公司，待遇很好。我拿不定主意，你帮我参谋一下。"很显然马克是在试探顾晓菲的口吻，他想要的答案当然是去深圳。

然而，顾晓菲却说："这很简单，你找一枚硬币，使劲抛向空中，落下来正面去深圳，反面就回西安。"顾晓菲知道，强扭的瓜不甜，就像宋词，当初就想和他双栖双宿，没想到他却是一只另觅新欢的大雁。

5

其实，有些事情马克是不知道的。

顾晓菲没说，她其实不爱吃川菜，只是想用麻辣的感觉转移一下潜伏已久的悲伤。

几天后，马克兴高采烈地找到顾晓菲，抑制不住激动的心情："太好了，是正面，我也去深圳。""哈哈。"顾晓菲的笑容凝固在嘴边，但那晚她一夜没合眼。

然而马克没有想到，温婉的顾晓菲竟然欺骗了他，他跑到深圳的公司去找她，然而得到的答案却是根本没这个人，经过调查才知道，当初是签约了，但没有来报到。

两年时光，对备受煎熬的马克来说如此漫长。

已经两年没吃川菜的顾晓菲禁不住闺蜜的软磨硬泡，终于开了戒，她还是只点了一道水煮鱼，要求依然是只能她自己吃，朋友为她的怪癖折服了。就算马克夜夜撕扯她的心，顾晓菲也没有把她的故事告诉闺蜜。朋友买单的时候，产生一点儿小误会，钱因为被洗过，服务员怀疑是假币拒收，就争吵起来。最后，老板出来摆平。

令顾晓菲愕然的是，这家餐馆的老板居然是马克，她想过很多种和马克重逢的可能性，唯独没有想到会是这种。

顾晓菲哭得一塌糊涂，她曾告诉自己，好男人一定会经得住考验，那次胆小如鼠的马克过鬼洞就给了她最好的诠释。

毕业那天去深圳的前夜，顾晓菲爸爸打来电话，声音颤抖而苍老，他说，晓菲，回家吧，妈妈得了脑血栓。顾晓菲是家里的独女，她知道百善孝为先的道理。

马克离开深圳来到顾晓菲的家乡青岛，两年后创业开了这家川菜馆。其实，顾晓菲有些事情是不知道的，马克和宋词在一个学院，他对顾晓菲念恋已久，是宋词给了他机会。

马克一直等到顾晓菲的出现。顾晓菲笑了，幸福得如同化着一颗糖。

马克的心贴着顾晓菲的心怦怦直跳，他说："我对你的思念就像这颗跳动的心一刻也没有停止，我说过我们是八字五行，天作之合，我会比宋词更爱你。"

水和鱼的爱情

文／张军兰

鱼说："你看不见我眼中的泪，因为我在水中。"
水说："我能感觉得到你的泪，因为你在我心中。"

好时光是用来消磨的

晓轻亲遇上周羽生，是在小镇的桌球房。那时的晓轻亲穿着宝蓝色的长裙，大波浪的卷发披下来，美得精致。她用当地的方言和一群打桌球的男生搭讪。

桌球上的生意，是小姨交给晓轻亲打理的。打理的还有那些暧昧的目光，随着彩色桌球的撞击声滚过来，又滚过去。晓轻亲常常把网兜里的球掏出来，用一个三角架把它们固定，她手上扬着球杆问："你们谁先开球？"那么多的男生呼啦啦地围住晓轻亲。这样出众的女子有谁会无动于衷呢。于是生意出奇好。

周羽生的出现让晓轻亲感觉眼前一亮。他穿暗红色的衬衣和一条黑色的休闲裤，干净明朗的眼神异常动人。他打桌球的动作真是漂亮，每一个球都能准确无误地打进去。

晓轻亲不觉回头对着周羽生抿嘴一笑。结果，周羽生把球杆径直递给了晓轻亲，说："我只想和你打一局。"晓轻亲竟有些意外，表面平静，内心却波涛暗涌。

晓轻亲把球打得一塌糊涂，那场桌球，周羽生不到五分钟就可以全部打完的，可是周羽生陪着晓轻亲整整打了二十五分钟。晓轻亲知道，周羽生一直让着自己。晓轻亲的心竟有些慌乱。这样的男生纯粹得让人心动。 除了彩球撞击的声音，周羽生没有和晓轻亲深谈。周羽生接了一个电话后就慌慌张张地走了，甚至没有回头看晓轻亲一眼，更没有问晓轻亲叫什么名字，来自何方。

晓轻亲怅然若失。其实，留下姓名重要吗？当然不重要，重要的是，这个夜晚的钞票乱飞，一下子就把晓轻亲的口袋飞满了。

男生们蜂拥而来。他们说，美丽的女子和美丽的时光一样，都是用来浪费的。晓轻亲没有理会，只埋头数钞票去了。这里的钞票有一张是周羽生给的。

谁会知道，晓轻亲是北京的呢。晓轻亲的方言是可以以假乱真的。他们以为，晓轻亲就是小镇上的女子。只不过气质出众。桌球边的男生们还在继续介绍着自己是哪所大学的，家住何方，晓轻亲一个也没记清楚。她只记住了一个人的名字，周羽生。原来，好时光就是用来消磨的。

我来拯救你

晓轻亲每天准时出现在台球桌旁，她一天一件衣服，全是小姨买来的，红的蓝的紫的裙子，五颜六色，多像那滚来滚去的台球，让人眼花缭乱。她穿行在一群男生中，和他们混得很熟。

周羽生，周羽生。台球桌上每一个球都充满等待，晓轻亲知道，周羽生一定会来的。现在的晓轻亲，把台球技术练得烂熟，把一个人的名字念得烂熟。

一个安静的中午，通常这时候人最少，一个叫大建的男生走过来，用积攒了很久的勇气叫住晓轻亲。他用两只手支着墙壁，把晓轻亲困在他和墙壁之间，他拿出一只漂亮的盒子说："送你的。"大建还想说什么，他的后脖颈就被人拎了起来，整个人差点儿被摔出门去。

竟是周羽生。周羽生的脚步轻得没有一丁点儿声音，他白色衬衣和青色的休闲裤明朗得让人炫目。"你拎我做什么？这是从西藏带回的平安符，你当是炸药啊？"大建很生气地走了。

"好了，我的生意你也撵走了。"晓轻亲并不领情。原来，周羽生是这样霸道的一个人。生意来了，周羽生笑了笑，把球杆递给了晓轻亲。

周羽生约了晓轻亲去吃饭，那么自然。他说："你赢了桌球，得请我。"如果大建是一种匪气，那么周羽生就是一种霸气。是自己赢了吗？不过是周羽生让着自己罢了。"行啊！"晓轻亲多的就是钱了，她拍拍鼓鼓的口袋，说，"你随便挑个地方吧。"

周羽生骑着单车带着晓轻亲在路上飞奔，他说："我们到个好地方去吃饭啊。"晓轻亲在心里想，好地方是什么地方？周羽生的那辆单车足足骑了一个小时，他的额头有密密的汗渗出。再抬头时，已到了梨湾大酒店，那是小镇中最上等的豪华之地。只看见，大片大片的梨树，纵横排列，春天的时候，这里一定是花的海洋吧。现在的梨湾大酒店旁，大片大片的梨树已挂满了大大小小的梨子，美丽无比。

不过，这么美丽的景色是由晓轻亲买单的。谁让晓轻亲遇到了自己喜欢的那类男生呢。周羽生点了一桌子的菜，不过，又有什么关系，晓轻亲喜欢挥霍无度，手里的钞票，全是晓轻亲在台球桌上挣下来的。那一桌子菜足足是大学生们半个月的生活费了。

周羽生拼命地往晓轻亲的碗里夹菜，他说："你这样优秀的人天天在台球边混日子，实在是可惜。不如我拯救你。"原来，周羽生的拯救是让晓轻亲到他父亲的一家小公司里去工作。周羽生一脸认真地看着晓轻亲。他的目光那么静，静得可以把晓轻亲装进去，然后，周羽生轻轻地笑了，拍拍晓轻亲的肩，问："怎么，怕了？"

不知是温暖还是伤感。晓轻亲摇了摇头。原来，周羽生对自己是一无所知的。他以为身边的晓轻亲就是一个在台球桌边做生意的人吧，不过是美丽超群而已。周羽生拿出纸巾轻轻地拭去晓轻亲嘴角的油渍，说："坐在这里别动，我去趟卫生间马上回来。"有必要吗？好像晓轻亲是一个小孩子，稍不注意就会失踪一样。周羽生是去结账了。这是晓轻亲后来才知道的事情。一桌子的费用只怕不便宜吧，可是，晓轻亲却心痛了。

再去捕捉周羽生的目光时，周羽生把头扭向一边去了。脸上全是得意。窗外，阳光无限好，晓轻亲觉得自己心里，有一朵花，正悄无声息地开放。她喜欢这样的含蓄，包括爱情。

花开花谢

日子一晃就过去了两个月，暑假过完了，晓轻亲也要返校了，她是北大的学生。周羽生拉着晓轻亲的手在江堤边散步，依依不舍，堤边的风把晓轻亲的心里搅得波翻浪涌，到底要不要告诉周羽生有关自己的大学呢。周羽生也将返校了，不同的是，他的母校在武汉。周羽生问："我要上学了，你会在桌球边想我吗？"晓轻亲一扭头："我为什么要在台球桌边想你呢？"话一出口，自己不觉一愣。在周羽生的眼里，晓轻亲不过是个照看台球房的人。可他哪里知道，眼前这个美丽的女孩子是北大的学生呢。

"可是，我会想你。"周羽生盯着晓轻亲的眼睛一字一顿认真地说。晓轻亲的心里不觉一热。"你想我的时候来看我，寒假，我还在台球桌边等你。"晓轻亲本地方言说得更流利了。

元旦的时候，周羽生的一个电话就决定了晓轻亲的感情去处。她已无法再伪装自己。一大早起来，化了淡淡的妆，穿上新买的衣服匆匆地飞到了武汉，飞到了周羽生的身边，只因为他在电话里轻轻地说："晓轻亲，我想见你。"周羽生看到晓轻亲的时候，眼睛里全是兴奋，他牵着晓轻亲的手招摇过市，像个快乐的孩子。晓轻亲的服装的确是前卫的，宽大的裤子，束腰的上装，圆形的领口，大方得体，气质优雅，是周羽生见过的最美的女子。晓轻亲走过的地方，女生们回头，男生们驻足。

"周羽生，你女朋友好漂亮啊，哪个大学的？"没等周羽生开口，晓轻亲抢着说："我哪是什么大学的呢，和周羽生是一个小镇的。"小镇上的方言在学校里听起来有些别扭，和他们的普通话格格不入。同学们很失望地"哦"了一声。可惜，这么好的气质埋没在小镇里了。同学们的热情一下子就减少了。而周羽生的脸在一瞬间白了。

原来，到了最后，周羽生和他的同学们还是不能接受这一切。其实，晓轻亲就是想看看，有没有一个人会爱上白纸一样的自己。没有大学，没有背景，没有一切。现在的晓轻亲突然悔悟了，谁的爱情会这么高尚呢。

回到原来的地方，回到北京的大学，等待寒假的到来。然后，她迫不及待地给父亲打了电话，说："寒假要到小姨的桌球房帮忙去。"父亲说："去吧，只要你愿意。"父亲永远就是这样。只要是晓轻亲需要的，父亲都可以满足。

那个寒假，晓轻亲仿佛等了千年了。她只希望快点儿见到周羽生，然后，亲口告诉他一切。她要好好地把握爱情。周羽生来的时候，身边多了一位女子，倒是个很清秀的女子，眉眼里全是笑意。她和周羽生一起来打球。周羽生说："许多多的台球和你打得一样好呢。"

周羽生的女朋友叫许多多。晓轻亲的心和北风一样冷去。有些话已经没有必要说出来了。开在她心中的花，一瞬间，全谢了。周羽生只是让晓轻亲体会了小镇上最美丽的时光，然后离她而去了。

晓轻亲第二天就从小镇上彻底消失了。

水和鱼

三年之后的晓轻亲在北京做了一名白领，她穿精致的套裙，梳得体的头发，举止间，越发显现成熟女子的风味，她和同事们到西安出差，在回北京的路上。火车上，一个男子叫着晓轻亲的名字，陌生的人群里，谁还会认识她。男子说："晓轻亲，你不认识我了？在小镇的桌球上，我天天去的。"晓轻亲记起来了，是大建，送她平安符的大建。大建成熟了，举手投足都透着稳重。

"知道吗？那时候，我们好多人都喜欢你，结果，偏偏你和周羽生好上了。其实，你不知道，周羽生明知道你是北京大学的，故意不说出来，他以为，这样就可以赢得你了。"

什么，周羽生都知道？晓轻亲脸上虽竭力装出镇定的表情，声音却在打结，而心里像是有鼓在敲打，"砰砰砰"。

"你不知道，周羽生一直在找你。他说，他要找一个喜欢打台球的女子结婚的。"结果，很多女孩子就喜欢上了台球。许多多就是其中一个。

大建说："周羽生喜欢的女子，是可以赢他桌球的那个人。可是，许多多赢不了他，别的女子也赢不了。只有你，晓轻亲。"

晓轻亲的泪如洪水决堤，她心中的周羽生，一不小心就被自己弄丢了。三年的时光是多么漫长，早已将爱情错开了。她只记得那个小镇上，有过她的初恋。

晓轻亲记起一句经典的对白。鱼说："你看不见我眼中的泪，因为我在水中。"水说："我能感觉得到你的泪，因为你在我心中。"

现在，他是她的爱情鱼，只能在心里。

铅笔少女

文／青果先森

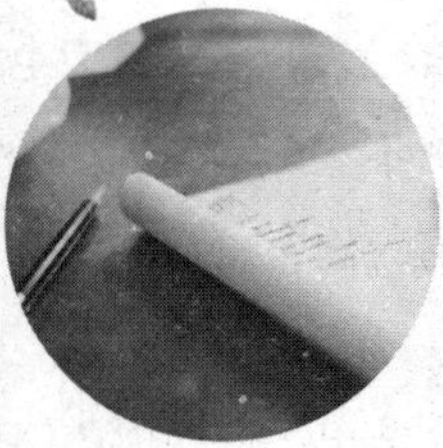

曾经有那么一个女孩，美得让所有人交口称赞，所有完美的句子都用光用尽，却没给喜欢她的少年留下可以送给她的哪怕单单一个词。

八年前的春天，大地回暖的时候，汉语言文学专业传出了一篇被称为惊世佳作的文章，名字叫《致我的铅笔少女》，文章出自一个叫乔杉的男生之手。他用让人惊叹的细腻笔调把少年对异性少女全部的思恋付诸一纸。

那篇文章好到什么程度呢？好到教写作的老师居然可以把它当作范文大力推介，连计算机专业的萧然都有读到此文的眼福。

那时候几乎所有具有浪漫情怀的女生都猜想过乔杉笔下的“铅笔少女”是何方神圣，甚至有相似者对号入座，只有姐姐对此报之一笑。因为只有她知道那个人是谁。

1

姐姐和乔杉在大一的时候就认识了。

那时班级里人少，学生是单人单桌的。乔杉就坐在姐姐前面。姐姐后来回忆的时候告诉我，当时她见到乔杉的第一印象就是，这个人的形象和名字十分搭调——高大笔挺，简直像一棵杉树立在她面前。简直像那句什么来着——“自非亭午夜分，不见曦月……”

乔杉太高，坐在姐姐的前面让她看不见黑板，姐姐经常用笔戳他的后背叫他弯腰，他都乖乖趴在桌子上。后来两个人熟识了，乔杉就开始和所有青春期小男生一样故意惹女生生气，姐姐越是让他低头他就越挺直腰板，急得听课的姐姐只好揪着他的头发让他把头低下去，他只好低声哀号着求饶，事后一脸大男子气概地表示他根本不是怕疼，而是怕姐姐弄乱他的发型。

姐姐一脸鄙夷地盯着乔杉一头板寸道：“你这头发剃得再干净点儿就可以出家了，哪来的什么发型不发型？”乔杉对此表示不满：“都说头发长见识短，我这短头发代表智慧！智慧！”

上课姐姐便主动坐在了乔杉前面的位置。

姐姐说：“上课时不见前面的那棵‘树’，心里总觉得缺了点儿什么。”

但是热衷于研究心理学的闺蜜告诉她，那只是视觉上的不适应连带的心理上不适应的错觉。

2

“乔杉学习非常好，只是有点儿……手贱。”这是姐姐的原话。

他经常有事儿没事儿地用笔轻轻点姐姐的后背，让姐姐以为他有事找她，等姐姐转头看他的时候他又一脸“我什么也不知道的表情”并做自己手头的事情。

他是演技派，姐姐恨他恨得牙痒痒也不好说什么，只好愤愤地转回身去生闷气。

乔杉不知道第一百零几次用笔戳姐姐后背的时候，姐姐终于决定无视他了，权当自己身后是个需要紧急治疗的精神病患者吧。

但是乔杉没有停手的意思，到后来他甚至伸出手拍了姐姐两下，这次好像是真的有事找她，于是姐姐又一次转过头。

这次乔杉不再一脸无辜了，他看着姐姐的眼睛："你闺蜜叫我告诉你，下课到教室门外等她，说有事找你说。"

姐姐下意识往乔杉右后方闺蜜的方向看了一眼，闺蜜这时候在做笔记，看到姐姐看她，她也抬头对姐姐微笑了一下，姐姐对乔杉道了"谢谢"之后继续听课。

下课之后她在走廊里等了闺蜜很久也不见闺蜜的影子，她有点儿生气地回屋走到闺蜜旁边，闺蜜在看上课时做的笔记，见姐姐跑过来，疑惑地问她："怎么了，然然？"

"不是你让我下课到教室门外等你吗？"

"我？没有啊。"

姐姐这才明白自己又被乔杉耍了，而且她居然还对他说了"谢谢"！这简直是"被人卖了还帮人数钱啊"！她咬牙切齿地看向乔杉，乔杉此时正以看热闹的姿态瞅着姐姐，满脸的小人得志。

姐姐实在想不出自己哪里得罪了这个"万岁爷"。

3

姐姐不爱吃饭，出落得高而瘦，配上一头乌黑的长发倒也给人一种亭亭玉立的感觉，不少人私底下说姐姐是美女，可乔杉偏偏不这样觉得。

他说姐姐瘦得像铅笔，特别是一头长发绾成一髻的时候，让人感觉像是削过的铅笔中间露出的笔芯。姐姐气得脸色涨红，刚想说什么话反驳他，他却立马道歉说"对不起，我错了"，弄得姐姐一愣。

“那我就大人不记小人过，原谅你了。”姐姐此时心里特别自豪。

“什么啊？我的意思是我弄错了，”乔杉盯着姐姐红色尚未褪去的脸，一脸欠揍样地说，“刚才我以为你脑袋是铅笔芯，现在我看出来了，你脑袋是红色的橡皮头。”

姐姐半天说不出话，乔杉却大笑起来。

姐姐到底是淑女，没有因此和乔杉大战三百回合，只是趁乔杉睡着的时候偷偷把蝴蝶发卡卡到了他日渐增长的头发上，浑然不觉的乔杉醒来之后还戴着它完整地听完了一节课，如果不是有人提醒，他就要戴着它出去打球了，那可一定是个大新闻。

从那时起，姐姐就觉得乔杉心仪的女孩子应该是微胖的。她开始习惯在吃饭的时候多吃几片肉，这个变化让她自己都觉得莫名其妙。

所以说，有时候人的大脑是由潜意识控制的。

后来乔杉有了喜欢的女生，是其他系的，只与姐姐打过几个照面。

同班女生总是有意无意地拉着姐姐八卦：“你有没有发现乔杉喜欢的女生很像你？一样高高瘦瘦，一头黑发。”

姐姐当然发现了，她还就此奚落过乔杉：“你不损我像铅笔吗？你喜欢的女生不也是橡皮吗？”

除此之外，她并未多想。

4

再后来两个人再无联系。

听说乔杉又有了喜欢的人，一样高高瘦瘦，头发长而乌黑，但是这一切，已经和姐姐没有关系了，她现在甚至连奚落乔杉的机会都没有了。

再一次听到乔杉这个名字，就是他的文章横空出世的那一天了。

那篇文章被印刷出来发到年级每个人手里，平日里对作文最不感兴趣的姐姐耐下性子仔细地看完了整篇文章。

他说：“曾经有那么一个女孩，有一头柔顺的长发，她转过身来的时候，他可以闻到她发丝间涌动的馨香。”

他说：“曾经有那么一个女孩，单纯善良，容易相信别人，会被一个人的恶作剧欺骗很久很久。”

他说：“曾经有那么一个女孩，美得让所有人交口称赞，所有完美的句子都用光用尽，却没给喜欢她的少年留下可以送给她的哪怕单单一个词。”

他说：“机会只有一次，错过了就不必挽回。”

他说：“也许只有这样，她才会成为他记忆中最美丽的风景，才会做他一辈子的铅笔少女。”

5

八年前的春天，所有攥着乔杉范文复印件的女生都在默默对号入座或者和别人八卦“铅笔少女”的原型可能是谁谁谁，只有姐姐把那张纸折好放到日记本里。

也只有姐姐，才知道谁是乔杉笔下梦里的“铅笔少女”。

也只有姐姐，才知道铅笔少女曾经趁着少年熟睡的时候，扯着他的校服袖子写下：笨蛋，我喜欢你。

2019，有《意林》，青春不荒芜！
励志激扬人生，《意林》改变命运！
高分作文难，难于上青天？《意林》在手，中高考语文不愁！
翩翩文采+精选素材+新潮观点+深刻思辨=中学生值得拥有
超值高分作文神器，童鞋，不了解一下？
《意林·全彩Color》
青春就是要“精”“彩”
高颜值+好内涵+够时尚+正能量
出版刊期：月刊
邮发代号：16-289
定价：7.00元/本
年价：84.00元
《意林》
看意林 作文好 考名校
一则故事，改变一生
出版刊期：半月刊
邮发代号：16-288
定价：6.00元/本
年价：144.00元
《意林·原创版》
专为中学生打造的心灵励志成长读本
关注中学生心理健康和心灵成长
出版刊期：月刊
邮发代号：16-291
定价：6.00元/本
年价：72.00元
听说可以免费读一年《意林》杂志？
你没看错，《意林》编辑部又出新福利啦
订《意林》系列杂志，考上985名校，退还购买杂志全款哦~
还等什么，订阅起来哟！
扫一扫，带走更多惊喜！

意林精品图书推荐

告白的书 系列

《那个神秘的宣愉小姐》
简介：心理分析小说，一次亲情伤痛造成的人格分裂，一场治愈并守护爱情的计划……
定价：32.80元

《对方正在输入中》
简介：你是否能从他涨红的脸颊看到他比阿尔卑斯山还强大的内心，让他的病只为你发作。
定价：29.80元

《你是年少的欢喜，喜欢的少年是你》
简介：古风作家吾玉打造都市清风之作，告诉你，如何学着去爱一个人。
定价：29.80元

《余生请对我好一点》
简介：时光回望，今日的纠葛，竟好似还了往日的债。
定价：32.80元

告白的书 系列

《比心》
简介：暗恋被冷酷拒绝，离开却突然收到女孩的短信，只有一行字，却让他笑了……
定价：32.80元

《从此晚安我自己》
简介：95后作家何家豪青春成人礼童话，将16个故事，说给长成大人的你！
定价：29.80元

《我不愿让你一个人走过青春的荒芜》
简介：写给你深情的告白书，15篇故事，有作者的亲身经历，也有勾勒的世间温暖。
定价：29.80元

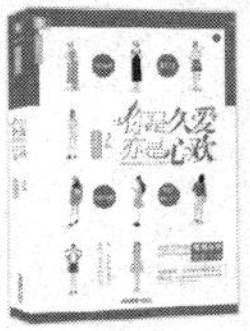

《你是久爱，亦是心欢》
简介：青春与梦想，爱和守护的故事，孤冷少女与霸道阔少相爱相杀深情开演。
定价：32.80元

新武侠 系列

《胭脂将》
简介：魔幻江湖的纷乱，胭脂女将的传奇！
定价：32.80元

《一两江湖之望星记》
简介：古风作家一两打造全新江湖，一醉江湖三十春，尽在《望星记》！
定价：29.80元

《一两江湖之琵琶误》
简介：家仇国恨，爱上不该爱的敌国先锋，如何面对这生死纠缠的爱情？
定价：29.80元

《月光蒲苇①·夜阑时》
简介：阴谋、友情、爱情，上古四神的恩怨，今生能否化解？
定价：32.80元

心灵成长 系列

《世界的另一个你》
简介：18岁少女的奇幻冒险，唯美魔幻的童话世界，寻找世界的另一个你！
定价：32.80元

《绯色黎明》
简介：人类并不孤单，在黑暗种族的环伺下，被掩盖的真相等着你去探寻。
定价：32.80元

《这一杯，我敬的是年少无知》
简介：悬疑作家何慕精心打造的都市心理悬疑成长小说集。
定价：32.80元

《我的人生无须证明给你看》
简介：是选择梦想，还是安于现状？马叛用这些故事告诉你答案。
定价：32.80元

套装精选

多味之恋
简介：七彩青春，多味之恋，寻找身边错过的小美好。
定价：29.80元/册

十八而志
简介：十八岁之前的远大志向，决定了十八岁之后的梦想人生。
定价：29.80元/册

深夜暖心
简介：青春絮语，灯下最好的陪伴，马叛、张芸欣、冷亦蓝深夜暖心之作。
定价：29.80元/册

初心讲义
简介：初心故事讲给你听，拥有一个又一个的小温暖。
定价：29.80元/册

意林精品图书推荐

「意林幻青春」系列

《我不成仙 一 断尘绝念》
简介：不想成仙却毅然修仙，她见愁只想有朝一日对那人说："纵你成仙，亦不可逃！"
定价：28.80元

《我不成仙 二 杀红小界》
简介：血衣作战袍，刻骨为利刃。她的通天坦途，便是他的穷途末路！
定价：28.80元

《我不成仙 三 流星赶月》
简介：敏锐与直觉，无一欠缺；缜密与果决，兼而有之。力敌群雄者，舍她其谁！
定价：28.80元

《我不成仙 四 鏖战空海》
简介：为成大道，葬痴情、斩尘缘者有之，可若寻仙问道是这般模样，她宁愿永不成仙！
定价：28.80元

「意林幻青春」系列

《我不成仙 五 舍我其谁》
简介：见愁者，无限潜力，无限战力！斩断过去，分割今昔。她的世界，只有未来！
定价：28.80元

《禁域①墓地神婴》
简介：皇者重现世间，只为触底反击，再创传奇！踏破乾坤纵横时空，禁域绝密即将揭晓！
定价：28.80元

《禁域②宗门斗者》
简介：扶桑谷内迷雾重重，时间长河、神秘女子……时空彼端，究竟有着怎样的秘密？
定价：28.80元

《禁域③王者遗风》
简介：阳魄界，一个神奇的虚拟世界，浮生为赤钻来到这里，却发现了更惊人的秘密！
定价：28.80元

「意林幻青春」系列

《符神传说①斩焰少年行》
简介：接通元灵符界，交易、对战、派单……现实与虚拟之间，体味什么叫酣畅淋漓！
定价：28.80元

《符神传说②东川起风云》
简介：逆转鬼煞岭、入蛮荒探迷城，跨越空间界限，开启度奇幻热血征程！
定价：28.80元

《符神传说③刀芒惊天下》
简介：巧进黑狱筑识海，烈焱龙雀惊天下。勇探天符浩土，领略异闻传奇！
定价：28.80元

《符神传说④地下悬赏令》
简介：识妖族斗南洲，符驱四方见奇谋。游历异界空间，探索奥妙人生！
定价：28.80元

「意林幻青春」系列

《雪鹰领主1》
简介：我吃西红柿全新力作！少年骑士惊世崛起，铸就为人类荣誉而战的英雄传说！
定价：29.80元

《雪鹰领主2》
简介：圣级超凡，初露峥嵘，打造热血沸腾的传奇武侠世界！
定价：29.80元

《决战星座学院1》
简介：为00后读者量身定制的校园星座魔法书，超反转、超疯狂的校园大作战，开始！
定价：29.80元

《浮玉仙魔》（全一册）
简介：跨越六界的情仇离合，仙家养成，爆笑开演！看一代魔尊，如何搅翻浮玉仙山！
定价：29.80元

「意林幻青春」系列

《倾世萌狐》（全三册）
简介：任他天道严酷，你始终是我无法断的"情"，难以绝的"爱"。
定价：29.80元

《我的画风不太对》（全二册）
简介：一不小心成了外星玩家的目标对象！千回百转的拼图游戏，谁是最终赢家？
定价：29.80元

《灵犀》（全二册）
简介：取《山海经》之精髓，谱一曲荡气回肠、龙狐相随的深情恋歌！
定价：29.80元

《仙萌奇缘》（全二册）
简介：迷糊弟子"约架"冷傲少主，无厘头话本奇袭玄天剑宗，非正统仙侠大戏反转上演！
定价：29.80元